Уредник
СИМОН СИМОНОВИЋ

Графичка ойрема
МИЛАН МИЛЕТИЋ

Насловна сйрана и илусйрације
СТАНКО ЗЕЧЕВИЋ

Издавачко предузеће *Рад*, Београд, Дечанска 12; главни уредник *Новица Тадић;* за издавача *Симон Симоновић;* штампа *Сйринй*, Београд

Бане Јовановић

Диња
пукла

Београд, 2000.

Наша пета
страна света

Народни човек и научник из народа, др Драгиша Витошевић, записао је:

„У нашим дугим вековима и просторима усмености, реч је одиста имала да изнесе многе и тешке терете. У ропству, она је била једно царство слободе: одах, олакшање, израз и – излаз“.

На почетку беше реч, али игра је старија – *игра речи* и *игра речима*.

И колико игра речима може да буде опасна манипулација међуљудским односима: уби ме прејака реч – игра речи богати међуљудску комуникацију и међуљудско разумевање.

Вековима на просторима усмености а касније и на просторима писмености игра речи је помогла човеку да осваја, проширује и сачува просторе своје слободе и своје слободне љубави.

Наша духовита народна еротика је ослобођена реч на просторима наше усмености и писмености – у служби слободног чозека.

Зато, дугогодишњи проучавалац плодова народне мудрости, Кремананц др Миленко Мисаиловић, записује:

„Народно стваралаштво прати и изражава егзистенцијални хабитус свеколиког народног бића и унутар тог стваралаштва могу се уочити два основна изражајна смера: први, проистиче из *трагичног* осећања живота, а други, из његовог *хумористичког* и *комичног* сагледавања“.

У својим истраживањима духовитог народног ероса, др Мисаиловић устврђује да је „стално стваралачко обележје свега што је српски народ доживљавао, производио и о чему је мислио – непрестана усмереност ка живо сагледаној слободној будућности; да љубав, а са њом еротика и сексуалност, истичу слободу као стваралачку меру свега, па и постојања".

Сваколики ерос народних умотворина, израз је тежње човека да „што смелије продре у скривене и прикривене стране свог бића и да се суочава са собом, да би тако суочен са истинитим, са природним, и сам постао слободнији, природнији и јачи".

Основно стремљење народног полног живота јесте размножавање и јачање народа стварањем свог подмлатка – „Од йрвоīа ūиīра доброīа сина", каже народ. То је борба за самоодржање (народа), која има своју етику и естетику, па су циљеви народне еротике и сексуалности: остваривање лепоте у свакодневном живљењу и етичко испуњавање обавеза према божјим законима и вечности.

Еротско народно поимање је у служби ослободилачке етике са двоструким ослободилачким тежњама: слободно израженим еротским жељама ослобађало се од еротике као притиска или ћутања о забрањеном, а такође, ово интимно ослобађање утицало је на буђење и јачање свести о народном ослобађању од робовања.

Наш познати сексолог, др Александар Костић, истиче да „еротика обухвата све оно што изазива одређену нормалну реакцију у сексусалној сфери нашег организма. Еротички мора реаговати сваки нормалан човек на све нормалне сексуалне надражајне чиниоце".

По песнику Јовану Дучићу „чедност није у природи и зато је нема ни у љубави: јер је љубав само чиста и прекаљена природа. Где је много љубави, ту је мало чедности, а можда и обрнуто: много чедности значи мало љубави... Љубав и морал нису рођени заједно, нити се возе у истим колима; једно је ствар божја, а друго проналазак човеков... Морал је насиље, а нарочито морал сексуалности; а кад није насиље, онда је хипокризија".

8

А Вук Ст. Караџић, у „Српском рјечнику“, упозорава на чињеницу да у нашем народу има много поскочица са еротским значењем које се изговарају у колу, па каже: „Потскочице су готово све тако срамотне да их осим кола не смије нико ни поменути, а у колу их нико за срамоту не прима. Младе и девојке, старци и бабе учине се као и да не чују што момци говоре“.

Да сакупи „особите пјесме и потскочице“, Вуку Ст. Караџићу свесрдно су помогла и три значајна Србина 19. века: владика и песник Лукијан Мушицки (1777–1837), Вук Врчевић (1811–1882) и Јован Николић (1805–1853).

Вук Ст. Караџић је у два маха боравио код Лукијана Мушицког у манастиру Шишатовцу.

Године 1815. Вук „сиђе из Беча у Срем и, у манастиру Шишатовцу, код чувеног архимандрита, потоњег владике Л. Мушицкога, провео је од пролећа до јесени, сабирајући речи и преписујући песме Тешана Подруговића, Филипа Вишњића и других певача. Мушицки је Вука соколио на тај рад и дао му је око 4.000 речи српских, које је био скупио шидски парох Аврам Панић... И године 1816. Вук је боравио код Мушицкога у Шишатовцу, од месеца марта до септембра. Мушицки је иначе први почео збирати народне песме и друге умотворине и слати их Караџићу...“[1]

* * *

Како је такво народно поимање ероса утицало на наше савремено хумористичко и сатирично стваралаштво, показаћемо тематским поређењима, откривајући сличности, али, и сасвим нова урањања у свет

---

[1] Извор: Милан Ђ. Милићевић: „ПОМЕНИК знаменитих људи у српског народа новијег доба“, штампан у Београду као XXVII књига Чупићеве задужбине у Српској краљевској штампарији, 1888. године.

духовите еротике. Народна еротика је превасходно утицала на савремене хумористичке, али и сатиричне творевине кратке форме – поскочице на епиграме и својим обликом, а темом на афоризме, а пословице на афористичне сатиричне исказе.

Духовита народна еротика, прожета хумором и лиризмом, на размеђу два миленијума доспела је на границу порнографског, успут се политизујући у времену обележеном политиком као нашом судбином.

Диња ѝукла или ѝрича о љубави

Духовита народна ода слободној љубави почиње Њеном и Његовом молитвом:

„Подај, Боже, да ми дика може“.
„Жива дала!“

На ту жељу-позив, убрзо стиже одзив:

„Ој, дјевојко, зелена јабуко,
Умријећу, не попе се на те!“

*

„О јуначе, мој дебели ладе,
Умријећу, не лего пода те!“

Ашиковање је испуњено самоуверењем које подстиче на одлучност:

„Кад је видјех гдје ће сама лећи,
Ја не могах срцу одољети –
Како јекнух, вас чардак подзвекну...
... Ал' говори моја љепотица:
Ид' одатле, један муханате!
Да ти видиш моје црне очи,
Очи црне испод обрвица,

Бјело лице испод трепавица
И подвањак под бијелим грлом,
У њедрима два бјела голуба,
И под њима црна гора расте,
И у њојзи шедрван водица –
Све младиће пофата грозница“.

То ашиковање само је наизглед на „затегнутој
струни“ која убрзо пуца уз громогласни љубавни зов:

„Ој, дјевојко, срце моје,
Кад ти видим сисе твоје,
Дреше ми се гаће моје!“

Овај љубавни зов савремени хумориста претвара
у чикање и изазивање:

„Док јој висе
Беле сисе,
Хајде, лафе,
Испрси се!“
(Митар Митровић)

Али том љубавном праску савремени афористи-
чар искрено не може да одоли, јер:

* Венерин брег је трусно подручје.
(Илија Марковић)

* Нашу љубав регистроваће сеизмолошки завод.
(Милован Витезовић)

* Волео сам је онако с ногу. Као химну!
(Александар Баљак)

Том љубавном изазову ни у прошлости а ни данас
неће одолети ни духовник:

„Моја мајко, чудна духовника –
Повањује па исповиједа,
Ноге диже, за греове пита“.

11

Или:

„Посла мене моја мати
С калуђером дрва брати;
Не шће кале дрва брати,
Него стаде враговати...“

Ако је некада такав љубавни грех могао да изазове чуђење, данашњи епиграмиста га региструје као констатацију:

„И свето
Лице,
Ужели се
Пиће.“

(М. Митровић)

А природни нагон да се себи олакша „ниже пупка“:

„Хај девојко из Смиљана,
Би ли са мном присновала:
Два ујемка и два клувка,
Нек је лакше ниже пупка“.

Данас се замењује сатиричном пародијом која је одушак или вапај у социјалној беди:

„Док се мрзне
Бела стаза
Гледам голог
Деда Мраза,
Згурио се
Штапом лупка,
Дар му виси
Испод пупка“.

(М. Митровић)

Сва окренута оди љубави, духовита народна еротика стихом стиже углавном само до предворја брака, док еротска народна проза залази и у брачне односе:

   * Сачувај ме, Боже, јепца украј куће и јебице усред куће!
   * Ко се своје жене стиди, други му је јаше!

А ево једне љубавне песме пред тим предворјем:

> „Добар вече, мој брајане,
> Ево тебе вјерна љуба!
> Окрени је, мој брајане,
> Преврни је, мој брајане!
> Два-три пута до зоре
> Да те браћа не коре!
> Пред тобом је црна гора,
> У гори је међедица,
> Црну кику надвјесила;
> Ти потегни бојно копље,
> Па удари међедицу
> Под вилицу у ресицу!
> Вати јој се, мој брајане,
> Вати јој се у њедарца,
> Ту ћеш наћи два краставца;
> Вати јој се ниже пупка,
> Ту ћеш наћи – диња пукла!“

Свестан брачног бремена, народни песник се узгред поиграо границом освојене слободе жене у браку, која се теши тобож се хвалећи откриђем:

> „Док сам била девојчица мала,
> Нисам знала ни пишати сама;
> Хвала Богу, кад сам се удала,
> Дигнем ногу, точи вода сама!“

Не треба зато да чуди некадашње тајно освајање
слободе жене у браку – прељубом. Тако једна мати
открива својој ћерки, кад јој се ова пожали:

„Јаој, мајко, калуђер ме буди,
Он ме буди, међу очи љуби!
Оћу ли га пољубити, мајко?“

А мајка је саветује:

„Љуби, кћери, не била проклета!
Док је мајка твога доба била,
До зоре је девет намирила,
И десетог родитеља твога,
И откала трополу поњаву!“

Савремени афористичар, за разлику од народног певача из прошлости, често нас подсећа на брачни живот:

* У браку немате времена за размишљање. Имате за кајање.

(Раде Јовановић)

* Одисеј је лутао да не би по цео дан гледао Пенелопу.

(Милан Бештић)

* Данас се женим. Сутра не знам шта ћу!

(Нинус Несторовић)

* Доказано је да жене у просеку дуже живе од мушкараца. Морају, да би њихова реч била последња!

(Васка Јукић Марјановић)

Иначе, жене-писце више данас занимају политички односи него брачни, што наводи на помисао да су оне своју брачну слободу освојиле колико им је потребно.

Вечна духовита еротска тема је секс док „дика може“. Народни певач се често бави љубавним жељама старца и бабе – ђаволице. Понекад је то невесело стање прожето хумором као олакшањем:

„Седи старац на стази,
На њег баба нагази;
Преврћала траву,
Нашла курцу главу!"

Понекад та љубавна нада није без основа:

„Баба дједа у прољеће звала,
Жуковим га цвећем окитила,
Поскакује, на зло дједа мами,
Опрегљачу баца му на главу.
А дјед јој се у јесен одзива,
Браду брије, а мастику пије:
Ко ме зове? Сад ево ме жива,
У јажу се прикупило пива".

Ово стање је блиско и савременом епиграмисти, али он се задовољава само констатацијом:

„Када будеш
Врло стар,
Минуће те
Она ствар,
Тада од те посластице
Расту само
Зазубице".

(М. Митровић)

Но, тада се буди и сећање на рајске дарове и на први грех. Народни певач овако описује „рај без краја":

„Девојка се уз курац пужала
Да би ли се раја дочепала –
Нит' ту раја, нит' од курца краја!"

Савремени епиграмиста подсећа на први грех:

„Адам је погрешио:
Почео је шеву,
Уместо јабуке,
Поје(-)о је Еву".

(М. М)

15

А данашњи афористичари додају:

* Од кога је постала није ни чудо што је Ева гре-
шница.

(Васка Јукић Марјановић)

* Од данас преврћем други лист, запрети Адам
Еви.

(Раде Јовановић)

Но сласт „првог греха" је непролазна:

* Волим секс и радо га се сећам.

(Милан Бештић)

* Погодан сам за успомену и дуго сећање.

(М. Витезовић)

Народни песник се не бави безгрешним зачећем,
за то није ни имао разлога, али, тиме се, имајући пред
собом визију рађања у модерном добу, бави савреме-
ни хумориста и сатиричар:

* И Дева Марија је веровала у Бога, али, ето, де-
сило се.

(Срба Павловић)

* Ја сам невина! – рече будућа мама и роди бебу
из епрувете.

(Милан Илић Маја)

У наредном будућем свету
Жене ће рађати
Епрувету,
А онда ће се из епрувете
Родити дете.

*

Будући људи
Улазиће
У будуће жене
Кроз вене.

(Растко Закић)

Та вечна ода љубавној страсти и у прошлости, а поготово данас, није избегла модернистичко тумачење, које је некад гласило:

„Жаба крекну,
Мој набрекну:
Пиле писну,
Мој ти тисну;
Гавран гракну,
Мој ти такну!"

У савременој обради то гласи:

„Мање пишни,
Више серни,
Бићеш ближи
Постмодерни!"

(М. Митровић)

Прича о жени која зна шта хоће или прича о курви

Народна мудрост о жени која је свога тела господар и која зна шта хоће и кад своје тело поклања, нашла је присне саговорнике у савременим сатиричарима, који су такву жену, без околишења, прогласили радодајком, односно курвом и тако је прихватили и описали, да би је убрзо засенчили већом и извеснијом курвом – политиком.

18

А цела прича, у дубокој прошлости, почиње на-
сред поља:

> „Ише, ише, биће кише!
> Киша паде, сека даде,
> Насред поља ђе је воља“.

Да је заиста у питању жеља да се слободно госпо-
дари својим телом, сазнајемо из Њене жеље да је не
чувају, да јој не ограничавају слободу:

> „Имам оца, име му је Јоца,
> Што ме чува, чували му душу!
> Што ме чува? – Да не будем курва;
> Бићу курва, макар да ме чува!
> И синоћ сам на дивану била,
> На дивану ципеле добила“.

Али, не остаје на томе. Да би била своја и слобод-
на Она ће продати и породичну ливаду:

> „У мог оца ливада у риту,
> Продаћу је макар за воринту,
> Па ћу купит' сукњу лези-доле,
> И кецељу сама-скочи-горе,
> И чарапе свуци-па-затуци!“

За овакву Њену жељу савремени афористичар има
пуно разумевање:

* Жена која хоће, зна шта хоће.
* Жене на рђавом гласу бар знају на чему су.

(А. Баљак)

* Жену која сама даје нико не може преварити.

(С. Павловић)

Неразумевање настаје кад Она покуша да објасни
своје поступање:

* Ја теби дала једном као поштеном кнезу, а ти
мене запуцао као курву.

То мужјак, па ни савремени сатиричар као да не разуме:

* Курва даје свима. Хоће да буде поштена.

(С. Павловић)

Једном се, дакле, жени „која хоће“, признаје да „зна шта хоће“, а други пут јој се њено „поштено подавање“ доводи у питање.

Зато су се савремени сатиричари устремили на извеснију курву – политику, чија је једина жеља да подчињава и да узима, уместо да даје. Успех у сатиричном обрачуну са таквом курвом даје извеснији резултат. Јер, има ли суровијег противника за сатирични обрачун кад се каже:

* Да је политика курва, најпре су осетили невини!

(Владан Сокић)

И има ли племенитијег подухвата него од немани заштитити невине!

Прича о гаћама или самозаштити

Колико су гаће самозаштита и колико су народне мудролије о тој самозаштити доживеле промену на крају другог миленијума?

Народни певач са симпатијом, готово навијачки, истиче момачку самоувереност:

„На девојци гаће, гаће,
Ал' нека их, даће, даће!“

Но та самоувереност убрзо постаје молитва младог делије:

„Да је срећа и од Бога даћа,
Не би жене ни носиле гаћа,
Већ кошуље докле гаће вежу“.

Да би стигао до циља, кур-делија је спреман да се и сам ратосиља самозаштите:

„Кур-делија у коло играше,
А на њему гаћа не бијаше!“

Данашњи епиграм о овој самозаштити гласи:

„И мушке
Гаће,
Треба да су
Краће“.

(М. Митровић)

Савремени афористичар према тој самозаштити или се односи резигнирано:

* Гаћама је свеједно јесмо ли се ми упишали од смијеха или од страха!

(Слободан Јанковић)

Или непрестаном скидању и намицању гаћа даје политичку конотацију:

* Постаћемо и ми део цивилизације. Стално намичемо гаће.

(С. Павловић)

Можемо само са носталгијом да констатујемо да су и гаће, у новом добу, постале политичка метафора. Њихову људску димензију данас можемо да уочимо још само кад се нађу у рукама какве удовице, будећи успомене на умрлог:

„Удовица мушке гаће прала,
Гаће прала, гаћам говорила:
Камо, гаће, што ј’ у вама било“.

Има ли за гаће, као „еротској брави“ икакве наде у веку сурове политизације?
Народна мудрост вели:

„Двије воље, гаће доље!“

А савремени епиграмиста то овако види:

„Једно има једно,
Друго има друго
И онда – једно друго“.

(С. Павловић)

Што значи да за данашње зближавање полова га-
ће нису важне, већ оно што је у њима. Али зато на
питање савременог афористичара:

* Шта ушкопљеник тражи стално по џеповима
својих панталона?

(С. П.)

Као и за сва слична питања, одговор је у искон-
ском народном искуству:

* Носи памет у гаћама!

Данас се код нас обично гаће носе на штапу:

* Истина, носимо гаће на штапу, али то је дири-
гентска палица.

(А. Ердељанин)

Прича о гузици или дупету

Једна од најчешћих духовитих народних еротских
кажа и данас присутна, није о глави и памети, већ о
дупету или гузици. Од мудрих упозорења:

* Дупе дувару, а памет у главу.
* Не може се с душом у рај, а с гузицом на пир.
* С једном гузицом на двије свадбе не може се.
* Кад врана на два коца стоји, један ће у шупак.
* Ко не скваси гузицу, не изједе рибицу.

До исказаног неповерења:

* Не вјеруј му да сједне голом гузицом на ватру.

22

И подсмеха због неспретности:

* Да падне на гузицу разбио би нос.

Савремени српски епиграмиста и афористичар и задњицу је инструментализовао – претварајући је у политичку метафору:

* Не питајте га за задњицу... Целог живота је чувао главу.

(С. Павловић)

„Задњица је
Отпозади,
Да не види
Шта се ради“.

(М. Митровић)

* Да ми није задњице, не би имао пас за шта да ме уједе.

(С. Павловић)

* Разумем да је батина из раја изашла, али где баш да стигне до моје задњице.

(С. П)

Погодност за оволику манипулацију дупетом, гузицом или задњицом, налазимо у народном искуству које гласи:

* Дупе решето нема!

Прича о прдежу

Ништа незанљивија није ни вечна прича о производу задњице – прдежу. Овим производом се још чешће и много лакше од вајкада манипулисало:

* Не море се и прднути и стиснути.
* Да је лако лајати, не би пас прдио.

23

* Ко магарца јаше, ваља и прдеж да му трпи.
* Није крив кој прдне, нег кој чује.

Овој једноставној народној мудрости, савремени писац најпе додаје своје сазнање:

* Пуштањем гасова гуза се брани.

(С. Павловић)

Али одмах и савремену инструментализацију:

„И колос се
Заљуља,
Од преснога
Пасуља!"

(М. Митровић)

Народни певач је, међутим, свему, па и овоме имао једноставан приступ и једноставан исказ:

„У кога је дуг, дебео,
Хајде у коло;
А у ког је танак, кратак,
Прди около!"

Прича о коловођи

Све народне духовите еротске поскочице, односно „особите пјесме и потскочице" како их је називао Вук Стефановић Караџић, изговаране су некада само у колу, том слободоумном народном сценском простору – који је и у најтежим временима имао своју етику, естетику и драматургију.

Играч у колу осећао је како себе остварује, како му живљење постаје потпуније и како је он и за себе и за друге већа извесност. А да је тако, потврђивали су му и остали играчи у колу, то им је уливало колективну сигурност.

Учешће у колу је добровољно, али коло има и своје чело (коловођу) и своје зачеље (кеца). Ко се ухвати у коло игра како му гајдаш свира, али пева како мисли!

Драматургија сценског простора кола, на некој ливади, могла би да се одвија на следећи начин.

Окупљени будући играчи поседали на траву или на по неки пањ па се загонетају. Будући кец загонета, а ко зна – одгонета.

– Шта је то: Пендо виси, пендо зја,

Пендо пендо лаура?

– Звоно и звечак!

– А ово: Кус пас преко села прође, сви га људи у гузицу љубе?

– Чутура, кад се зове у сватове!

– Мала сам, глатка сам, једно уво имам, а без мене сав свет не може да буде?

– Шиваћа игла!

– Кад дјед баби пушта крв,

Једва под њом оста жив?

– Онај ко точи вино и – бачва!

– Из меса изашло, а месо није, многу штету и хасну починило, а томе није криво?

– Перо!

– Дрвен трбух, кожна леђа, длакама говори?

– Гусле!

– Мртва јарчина преко свег села глас пушта?

– Гајде! Гајде! Гајде!

На то сви поскачу, као да су само то чекали, па се ухвате у коло уз прве усклике:

„Скочи коло, дупе голо,

Како радиш, и горе ће!"

*

„Ова сека до менека

Ништа не зна само зеза!"

*

„Ова сека
До менека
Тек ме штипа
Да ми ђипа
У гаћама
Међ' ногама!“

*

„Мала сека
До менека
Гуз шевељи,
Мре у жељи
Да се баћи
Накитаћи!“

А онда ће Кец Коловођи:

„Коловођо, вито перо,
Пољубићеш курцу чело!“

А девојци до себе:

„Ој девојко, да ми даш,
Да ти будем таљигаш!“

Колом даље одјекује:

„Цака, цака, даће свака –
И та сека до тебека!“

И све наставља својим током:

„Макни снашо гузови!“
„А ти, брато, бркови!“

*

„Макни, снашо, гузови
Као свирац бркови!“

26

Коловођа ће:

> „Опа, цупа, мој Мартин,
> Тесна рупа, дебо клин!“

А Кец ће Коловођи:

> „Тијо, тијо, коловођа,
> Тијо, тијо, полетио,
> За облаке залетио;
> Кад се натраг повратио,
> У дупе ми улетио!“

И опет све по старом:

> „Опа, цупа,
> Под њом рупа,
> И два клина,
> И батина!“

*

> „Ој девојко секендаш,
> Што си рекла па недаш?“

*

> „Опа цупа, цупице,
> Хоће деца рупице?!“

*

> „Иди, секо, у тај шаш,
> Намести се ко што знаш,
> Нећу доћи да ме знаш,
> Већ ћу доћи да ми даш!“

*

> „Хај, хај, те у гај –
> Ал’ у гају саме дају!“

*

„Ако сам крива дати
Нијесам ноге дизати!"

*

„Жива дала!"

На шта ће Кец да зачини:

„Ти, гајдашу, само свирај,
И у пицу ништ' не дирај,
Јер је пица чудне ћуди,
Упашће јој кита с муди!"

Ето могуће драматургије кола – тог народног слободоумног сценског простора, који има свој ред и поредак.

Али, шта је с коловођом? Зар му кец није довикнуо:

„Коловођо, вито перо,
Пољубићеш курцу чело!"

А овај му без љутње одговорио:

„Опа цупа, мој Мартин,
Тесна рупа, дебо клин!"

Нема љутње ни кад неко коловођи добаци:

„Попишан коло води,
А посран за њим ходи!"

Љутње нема, јер је коловођа део кола, део слободоумног народног простора, а сви колективно су отпор тиранству и тиранину који је ван кола. Нема љутње ни на изречену самокритику:

„Скочи коло, дупе голо,
Како радиш, и горе ће!"

28

Но, давнашња самокритика има и свој савремени ехо: „Сиротињо, докле ћеш пред тиранством сагињати главу – будеш ли тако радила и горе ће те снаћи“.

Народни песник ни тада није пропустио да се обрати сиротињи:

„Сиротињо, јебу ли ти мајку!
Причекај ме до Ђурђева дана,
Док се гора преодене листом,
Црна земља травом и цвијетом!“

Ето поруке хајдука-заштитника сиротиње!

Као што су у време робовања под Турцима, на славама, поред обредних песама, у тренутку „одрешеног језика“ и под заштитом свеца изговаране и старе, негде већ заборављене, јуначке песме, тако су у колу изговаране поруке које су јачале свест о народном ослобођењу од ропства, ругајући се тиранству и тиранину:

* Чујте људи, где гузица суди!
* Марко сјаши, а Јанко узјаши,
  Док дорату муда отпадоше.
* Ко има масла он и муда маже, а ко нема, њему и усне пуцају.
* Кад грми нек' и муње севају!

Лепо. Али остаје питање: има ли наде док „Попишан коло води/ А посран за њим ходи“. Може ли се такво народно коло, са таквим коловођом и таквим учесницима одупрети тиранству?

То нам питање и данас одзвања. На њега нисам нашао одговор код савремених сатиричара, па ни у сопственој књизи *Игра зглавкара,* у којој сам записао:

„Скочи коло
дупе голо!
Коло прође,
остале нам
коловође!“

Овде су коловође, у најбољем случају, лидери по-
литичких странака. Или:

> „Ћорав коло води
> а хром за њим ходи,
> док овај брод броди –
> по мочварној води!“

Овде је ћорав вођа Домановићевог типа. У ствари,
Домановић је савременим сатиричарима у наслеђе
оставио „бригу“ о вођи-тиранину, о коме Домановић-
еви следбеници данас жестоко брину:

* Није вођа слеп. Улица је!

(Р. Јовановић)

Народни предводници, коловође слободоумног на-
родног простора, нису у видокругу савременог српског
сатиричара.

* * *

Наша духовита народна еротика имала је утицај
на нашу савремену хумористичку и сатиричну књи-
жевност, али њен еротски набој пун хумора и лиризма
и сочност њене наиве, седамдесетих година двадесе-
тог века, у добу хипи-покрета и сексуалне револуци-
је, претварани су у суву дреновину пошприцану пор-
нографијом и често голом политизацијом.

Ретки су наши савремени хумористички и сати-
рични искази који су се наслонили на народну ероти-
ку. У том погледу изузетан је циклус хумористичких
песама Алека Марјана о девојци Каравиљки, чија је
здрава сељачка памет у сукобу са новокомпонова-
ним захтевима сексуалне револуције, који је овај ис-
такнути писац објављивао у „Јежу“, почев од 1973.
године. Пре него што се упустио у песме о „наивној“
девојци из народа, Марјано је написао песму „Шашо-
љење“, потпуно наслоњену на народну еротику, чији

ће затим дух бити уткан и у циклус хумористичких песама о Каравиљки:

„Чуће неко како шушти шаша,
Јер се драги незгодно понаша;
пошашави начисто у шаши,
а ја врдам да ме не промаши“.

Карактеристични пример из овог циклуса је песма „Као на филму“:

„Вратио се Миле с ФЕСТ-а,
спопао ме испод бреста,
па све ради ко у филму,
необичан неки стил му.
Тера ме на чудне ствари,
да га бијем по тинтари,
е, баш, каже, имам пизму,
уживам у мазохизму.
Изгустира мазохизам,
онда пређе на садизам.
Ту начисто побенави,
умало ме не удави,
па настране поче радње,
и то с оне стране задње.
Кад ме јадну сву ишћушко,
закука што нисам мушко,
ја га питам с мушким шта би,
а он каже и с њим да би.
Црни, Миле, зар још и то,
на ФЕСТ-у си помахнито,
као да ти фали даска,
нисам ти ја фестивалска,
нисам ти ја белосветска,
ја сам ти поштена женска.“

Ретки су наши савремени афористичари који су своје веће делове књиге, као Васка Јукић Марјановић *Еванђеље йо Еви* (1979), или целу књигу, као Раде Јовановић *Пусйи, мужу, рогове* (1999), посветили

еротици, мада без помисли да се свесно наслоне на народну традицију. То су изразити представници новог доба наше хумористичке и сатиричне еротике, а такви су и они афористичари и епиграмисти који су еротичне исказе објавили у својим књигама политичке сатире, користећи често еротику као политичку метафору. Речју, ретки су они који су „употребу еротике" довели до највишег уметничког нивоа, па и кад су им теме сама сексуална револуција или њени плодови.

Можда је најбољи афоризам о сексуалној револуцији написао Вук Глигоријевић:

* У политичкој револуцији можете ако хоћете, у сексуалној револуцији можете ако можете.

А врхунски афоризам о црном плоду ове револуције – СИДИ, је онај Витомира Теофиловића:

* Најбоља одбрана од сиде је Персида!

И Вук запазио бећарце

Нашу „најкраћу народну песму", десетерачки двостих, у Војводини познат као бећарац, а преко Дрине, на српском говорном подручју, најчешће као ојкача, запазио је и Вук Стефановић Караџић, док је бележио нашу народну еротику, оцењујући га „срамотним" као и поскочице и не објављујући га за живота, мада су ови једри и стамени стихови остали до данас присутни у народу, увек се изнова обнављајући и тематски се богатећи, пратећи ход времена.

Академик Младен Лесковац, који је проучавао и оставио антологијски избор „Бећарац" (1958. године) скренуо је пажњу на једну Вукову реченицу из 1854. године, која гласи: „Што сам досад све околишио, овдје ћу изријеком да кажем: да се у свему народу нашем нигдје не говори српски тако ружно и поквaрено као у Сријему, у Бачкој и Банату" – којом би требало да се подржи мишљење да је Вук намерно мимоишао бећарац не записујући га.

Наше је, пак мишљење, да Вук ништа горе није мислио о бећарцу него о „срамотним потскочицама" које се изговарају само у колу без зазора и које је нешто помније бележио него бећарац, мада и њих није за живота објавио. Вук је знао за бећарце и бележио их је. У Вуковој књизи „особитих пјесама и поскочица", коју је 1974. године објавила САНУ само за „научну употребу", наићићемо на више забележених еротских десетерачких двостиха (бећараца) од којих многи, или њихове варијанте и данас у народу живе, а многи су прешли Дрину, или су тамо поникли, најчешће под називом ојкаче:

Ој дјевојко, зелена јабуко,
Умријећу, не попе се на те!

*

Ој, дјевојко врућа варенико;
Умријећу не удроби у те!

*

Ој јуначе, мој дебели ладе,
Умријећу, не лего пода те!

*

Дај, девојко, рекла ти је мајка!
Кад је рекла, што ти није дала!

*

Дуге ноћи, ниоткуд помоћи,
Тешке ноге, а нејаке руке!

*

Ој девојко, што си тако луда,
Што се баци, те ми разби муда!

*

Да су курци као кукурузи,
Све би жене копачице биле!

*

Ој девојко, што си тако бесна,
Што си бесна, кад ти није тесна?

*

Злопреља се јаду домислила:
Задње скуте спријед окренула.

*

Ковач кује, ковачица преде,
У ковача гола муда гледе.

Лесковац не сумња да је: „бећарац настао у Срему,
Бачкој и Банату, па се онда преко Славоније а кроз
Шокадију и са чврстим а плодносочним стаништем у
њој, спушта ваљда тамо негде ка Кордуну и Лици, да
би онде, као заустављен преградом од кордона војне
границе, као пресечен, нагло устукнуо и умукао".

Но критичари „Лесковчеве мапе бећарца" упозо-
равају да је „широк простор на српском говорном
подручју где се пева и чује та минијатурна песма" и
да је „без Босне и Херцеговине тешко замислити
сваку, чак и на брзину скицирану, мапу која предоча-
ва постојање „компликованог двостиха".

Наиме, Винко Жганец у Зборнику за народни жи-
вот и обичаје јужних Словена – *Мелодије бећарца*
(1962), упозорава да термин бећарац није једини за
десетерачки дистих (двостих), па наводи: кратке, са-

35

мице; а познати су и називи: ојкача, ганга, рере, дикица, шаранац...

Међу тим називима преко Дрине, најпознатији је *ојкача*, који је најчешћи у Босанској крајини, односно у Поткозарју, а сматра се и најстаријим називом на овом простору за „најкраћу народну песму“. Име је настало од глагола ојкати, што значи отегнуто и тужно певати, наглашавајући и продужавајући глас О. Ојка се на српском говорном подручју у Далматинској загори, Лици, на Банији и Кордуну, у Херцеговини и Босни.

Ојкаче, као и бећарци, живе у нашем народу до данашњих дана, а заслуга што су и најновије ојкаче записане припада Ненаду Грујичићу који је свој антологијски избор[1] ових песама објавио у више допуњених издања, најновије је из 1996. године, све поткрепљујући исцрпном и до сада најпотпунијом студијом о ојкачама и ојкању.

И у збирци еротских духовитих народних песама Цвијетина Вуковића „Јеж у стрњишту“, објављеној 1982. године, има ојкача.

У својој студији, Грујичић запажа да је „најупечатљивији пример ојкача у колу“:

„Обично на каквом збору, свадби или приликом покривања новог 'шљемена', формирају се два кола и надпјевавају се. Ако нема пјевача (играча) за два кола, игра се једно, унутар којег су двије мање групе. У колу може да игра и старо и младо. Руке се пребаце преко груди играча до себе, изукрштају, и коло (пјесма) крене. Свака група има свој двостих. Прва група отпјева први стих. Ојкачу прихвати друга и отпјева свој стих. Онда опет прва свој други стих, што исто чини и друга група. Исписано то овако изгледа:

„Мене моји 'оће да ожене“;
„Ми смо мали заӣјеваӣи знали“

[1] Ненад Грујичић: „Ојкача“, треће допуњено издање, Бања Лука – Београд, 1996. године

„Цуру просе не питају мене“;
„Кад смо седам година имали“

Док једна група пјева свој дио ојкаче, друга се, у покрету, мимиком и гестовима, договара шта ће ново пјевати. И тако у недоглед, игра се и пјева до 'голе воде'. Док се пјева и њише у колу, пјева се што се боље и јаче може: пјевачи криве уста и вратове, напињу груди, рекло би се да се аче. Час искошени, час повијени, а онда опет нагло усправљени, па занесени, претворени у јаросне очи и уши, у додир који струји цијелим колоплетом, ногама изводе непредвидиве покрете: цупкају привлачећи стопало стопалу, а онда нагло савијају ногу у кољену па тако више пута, или у још ко зна којем правцу, или на још који невјероватан начин, лебде по тлу повремено стружући или закопавајући обућом земљу. У трансу пјесму увијек прате: цика, вриска и повика, које су најљепше у женским бљесковима. У незадрживом ритму чије градације воде кулминацији звука и покрета, имају фазе када се пјевачи „уозбиље“ и на трен примире у покрету; привремено се стишају, можда и одмарају у ритуалу, па онда опет букну и распомаме онога до себе“.

Уз овај сликовити опис сведока ојкања у колу, Грујичић додаје:

„Разиграно коло поништава патријархални стид. Како се ојкача размахује тако и садржај бива слободнији, ласцивнији. У колу момци и дјевојке, мушкарци и жене, сијевају очима и пјевају: „Село вели: бараба не ради!/ Село моје пуно копилади!“ или: „Цура цв'јеће међу ноге меће,/ Кад корача да јој мирис баца“.

Све ово подсећа на поскочице које су, како Вук вели: „Готово све тако срамотне да их осим кола не смије нико ни поменути, а у колу их нико за срамоту не прима“ – и које је он записивао не објављујући их за живота.

Уочљив је, такође, утицај бећараца, које је Вук записао, на ојкаче, што ће се видети из неколико очитих примера уочених међу ојкачама:

Ој дјевојко варенико врућа,
љето прође, не угрија плућа.

*

Ој, дјевојко, румена јабуко,
јесен дође, ја те не загризо.

*

Да је срећа и божија даћа
цуре не би ни носиле гаћа.

*

Нешто ми се у туру напело,
да ли би га прело одапело.

Али има и жешћих ојкача:

Алај имам ватрену цурицу:
о стражњицу укреше шибицу.

*

Дај ми, мала, чему ли је штедиш,
ја је желим, а ти на њој сједиш.

*

Дала би' ти, барабо проклета,
дала би' ти, ал' нисам начета.

*

Да сам знала да ћу за барабу,
ја би' гаће метла на тарабу.

*

Када лола своју драгу љуби,
стоји шкрипа кревета и зуби.

Мала моја, узми ми па врати,
поново ти може затребати.

Кажи, мила, ил' оћеш ил' нећеш,
да бараба не долази џаба.

Ово нас обавезује да кажемо нешто више о „стожерима“ ојкаче и бећарца – о бараби и бећару.

И то је Грујичић имао у виду:

„У контексту ојкаче бараба је и мргодни добричина, распојасани весељак, човјек широке руке што народу даје све, а себи не оставља ништа, врдалама што се мота око женских сукања и ракијских котлова. Он је кобна мјешавина среће и несреће, нека врста сеоског боема без куће и дјела, врлетник упућен у тајне буџаке не само свог краја већ и много шире. Бараба је често писменији од својих мјештана. У џепу му се увијек може наћи исјечак каквих старих новина. Бараба, у зору, низ стрме сокаке, пјева сам“.

„Ја бараба, ц'јело село знаде,
нек' се чува ко жену имаде!“

„Бећар, пак, потиче од турске ријечи бекар и представља човјека без породице, лолу, весељака, мангупа, бекрију. Бикар, на персијском, означује човјека без посла. Бећари су били добровољци у Првом српском устанку. За разлику од барабе, бећар је нешто питомији, природнији. На бећара се нико неће бацати камењем, на барабу хоће. Бећар није пуст човјек, бараба јесте. Бећар се на крају ожени, бараба никад: он је вечито копиле! Бећар је потребан селу као дио извјесног позоришног имица у богатим шоровима. Бараба није: он је баксуз и фаталан човјек који често млад одлази са овога свијета“.

Као „стожер“ бараба у ојкачи суверено влада, али, с времена на време, присутан је и бећар, што указује на утицај бећарца на ојкачу, али и да су то два имена за исту песничку творевину:

> „Ја сам бећар међу барабама,
> заспала ми мала на рукама“.

Или:

> „Сини, муњо, да нађем уларе,
> да привежем крајишке бећаре“.

* * *

„Ојкача – та суптилна поетска творевина меке женске умиљатости и сестринске самилости, али и горштачке, мушке и хајдучке виолентности“ – записаће Ненад Грујичић, који је, по сопственом казивању, слушао ојкаче од своје шесте године, а онда почео и да их бележи, у чему му је највише помагао отац Драшко, који је ојкачу и сам певао у разним приликама и због које се са породицом из Војводине, где је живео као колониста, вратио у Босну, а све је то, како његов син тврди – учинио искључиво због ојкаче и атмосфере коју она ствара.

Ојкају се нове, ововремене ојкаче:

> Ја сам своју плавушу минир'о,
> настрадаће ко је буде диро.

Само бараба тера кера по своме, негујући наслеђено:

> Ја бараба – то су моје ствари,
> бараба је био и мој стари!

Али бринући и о свом наследнику:

> Да ми није у бешици сина,
> ја би' био већа барабина!

На Вуковој
стази

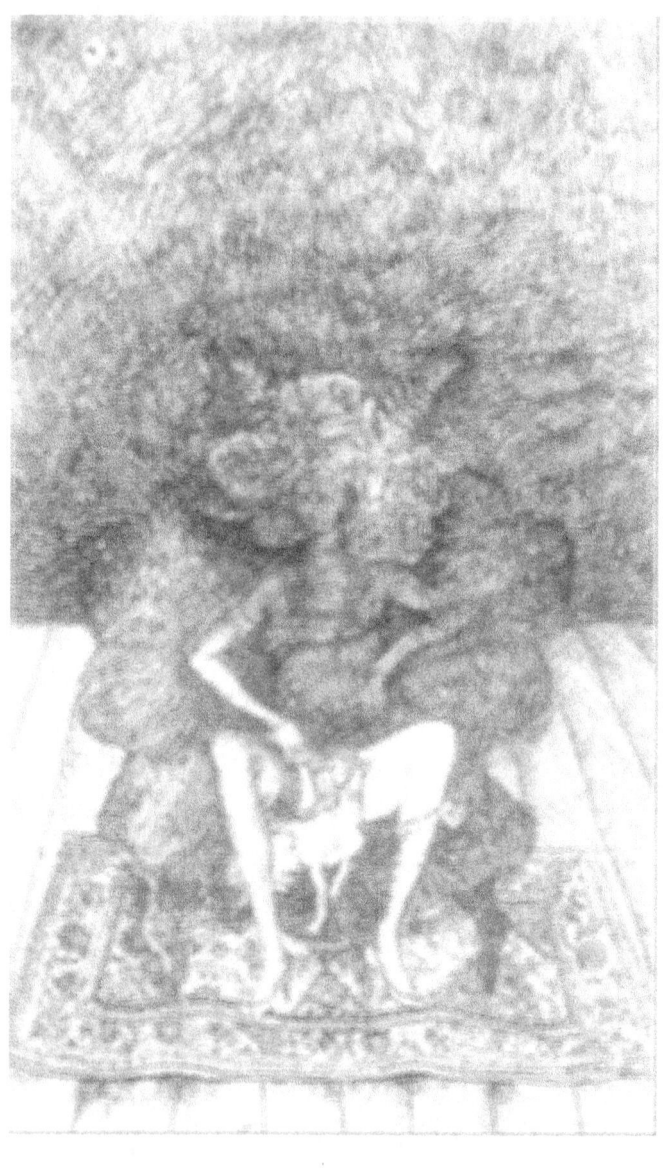

Помаѓали Вуку Сш. Караџићу

С посебним уважавањем, уписавши им имена изнад послатих песама, Вук Стефановић Караџић се одужио тројици угледних сарадника у обликовању збирке „особитих пјесама и потскочица" – *Лукијану Мушицком, Вуку Врчевићу* и *Јовану Николићу.*

Податке о овој тројици Вукових сарадника уносимо из „ПОМЕНИКА знаменитих људи у српског народа новијег доба" Милана Ђ. Милићевића, штампаном у Београду 1888. године.

Лукијан Мушицки[1]

за Вукову збирку духовите народне еротике

ЛЕПО ДРУШТВО

Састало се лепо друштво да се разговара,
Млади момци и девојке којим' нема пара –
Курац, кура, курчекања и младо курченце,
Пичка, пизда, пиздурина и две мале пице,
Дебели кум криви курац, пиздурина кума,
Два девера два кицоша, пица и китица,
Они седе за асталом, пак проводе шалу.

---

[1] Владика и песник, *Лукијан Мушицки,* родио се у Темерину, 27. јануара 1777. године, од оца Ђорђа и мајке Анастасије. Крштено му је име Лука, а калуђерско Лукијан.

Његови стари доселили су се из села Мушића у Ваљевској нахији, па му је право презиме Мушићки. Основну школу учио је у Темерину и Тителу, гимназију у Новом Саду и Сегедину, а филозофију и права студирао у Пешти.

РАДЕ ТУРСКИ РОБ

„Море, Раде, како ти је?“
Пита неко турског роба.
Одговара: „Добро ми је
До данашњег јоште доба,
Јошт при зоре првим свјету
Стакнем огањ и разжарам,
Да ћеаји Мехемету
Баш из Моке каву варим.
После каве на кољени
Дам му чибук с ћилибаром,
Оком, руком мане л' мени,
Агам свим и тефдердаром.
Потом рукам прекрштеним
На ћеају гледајући,
Вратом, кичмом савијеном,
Стојим указ чекајући.
„Вар ђот, Раде! кад ми рекне,
Ома му се ја наврнем,
Клекнем, за мном и он клекне,
Шчепа ме да не посрнем.
Ђот умаштен кад издере,
Пешкир, ибрик, леген пружим
Да с' обрише кад с' опере –
Четир паре ја заслужим.
А да ропство мен' засладим,
Јад ме роба не сатаре,
Кадуну ја прву градим,
И по четир' доб'јем паре.

Познавао: француски, италијански, енглески и грчки језик.

Закалуђерио се 1802. године у манастиру Гргетегу, 1803. постао ђакон и професор богословије у којој је, по сопственој граматици, предавао старословенски.

Године 1812. постао архимандрит у манастиру Раковцу, а потом управља манастиром Шишатовац.

Умро 15. марта 1837. године.

Зазове л' ме друга була,
Одалисака или каде,
Био б' курвин син и хуља
Да не примим что ми с' даде.
Шербетом ме свака поји,
Рани масним и пилавом,
А по четир' паре броји.
Да тек нећу платит' главом?"
„О, не бој се, Раде, роде,
И Турци су просвјештени,
С робљем јер се они своде,
А кроз прсте гледе жени!"

ЗЛАТНО РУНО

Сви се пицом алчу људи
Као за млеком мушичице,
Свак се доба сваког труди
За комадић миле пице.
Све нам бриге, туге слади,
Радости је врлог, чаша;
Милују њу стари, млади,
Сва и проча браћа наша.
Пица нашу ћуд измени,
Упокори поносрога;
Почитује њу и цени
Свак од цара до простога.
Уплив има у дружбину,
Љубву, сродство, пријатељство;
Управљати зна судбину
И укрочит' гонитељство.
Пица, гдигод хоће, бави,
А, гди хоће, оскорбљава;
Највећи је повод слави,
Велможами управљава.
Ког у суду држи страну,
Цјело ће се извинити —

Ходатељства њена брану,
Заштитник њен прав ће бити.
На достојнство, чин не взире,
Мудрог она људим прави,
С богатог јер свлачи, здире
Да на голог метне, справи.
Пица златно руно бјаше,
Что колхидски цар острожни
У Лавиринт забрављаше
Не да б' украст било можно.
Јасон тушта због ње поднео –
Море сиње пребродивши,
Победу је рад ње однео
Кћер и цара преваривши.
Благородни, сви гледајте
Бруцаву и рујну пицу,
Пак ју себи представљате
Људског рода као родицу.
Цар, војници, поглавари,
Па по земљи сви что ходу,
Величају тој у ствари
Дол из ког се људи роду.

Вук Врчевић[1]

за Вукову збирку духовите народне еротике

МЛАДИ МОМЦИ И БАКА

Збор зборили млади момци
Један љетни дан –

---

[1] *Вук Врчевић* је рођен у Боки Которској, 26. фебруара 1811. године, од оца Стевана и мајке Тоде.

Поред оца, општинског писара и учитеља у Рисну, рано је научио да чита, пише и рачуна, па је најпре помагао оцу

Чија п... понајбоља
С к....м на мегдан:
Ал' у баке јошт пријаке,
Те јошт мирише;
Ал' у младе удовице,
Која уздише,
Ал' у цуре вруће крви
Скоро бодене,
Ал' у младе дјевојчице
Јошт недозреле.
Зачула их стара бака
Иза ломине,
Па истрча пред момцима
На сред пољане:
„У баке је зачађала,
Сасвим презрела,
А у младе дјевојчице
Јошт недозрела,
А с дјевојком вруће крви
Свак је на јаде,
Ал' у младе удовице
К.... насладе!"

у послу, а затим отишао у Будву где се бавио трговином и књиговезачким занатом.

Рано је упознао дела Доситеја Обрадовића и Вука Караџића.

Говорио је италијански и немачки језик.

Године 1838. штампане су му две песме у „Далматинском магазину".

Сакупљао је народне умотворине, нарочито из Херцеговине, које је, на молбу Караџића, слао за његов „Ковчежић".

Године 1852. био је на Цетињу секретар Кнезу Данилу, а затим прелази на службу у Задар, одакле као вицеконзул одлази у Требиње. Кад је Аустрија окупирала Босну и Херцеговину, Врчевић буде пензионисан и настани се у Дубровнику, где је умро, августа 1882. године.

ЛУДА

Једна била лу-лу-луда,
Није знала шта су му-му-му..
    Мука јесте велика
    Кад ко гледа с далека
      С очима.

И-и-игла
И ножицу ди-ди-дигла,
    Дигла весло да плови
    И мрежицу да лови
      Рибицу.

Јован Николић[1]

за Вукову збирку духовите народне еротике

ВИСОКА ПЛАНИНА

Ој кецељо, висока планино,
Испод тебе ладна вода тече!
И ја стадо да коња напојим,
Коњ приниче, упаде му глава –
И да било на коњу бисага,
Пропаде ми и коњ и бисаге;
Већ бисаге у брег удрише,
Те мом коњу глава заминула.

---

[1] Јован Николић је рођен у селу Врањеву, близу Бече-
ја, 1805. године, у учитељској породици.

Основну школу је завршио у родном месту, а гимназију
и филозофију у Сегедину.

У Србију је прешао 1827. године, најпре као учитељ, а
потом је службовао као секретар канцеларије Кнеза Ми-
лоша и секретар и начелник у попечитељству унутрашњих
дела.

Одласком Кнеза Михаила и Николић напушта Србију,
да би се ускоро вратио и 1847. године постао професор у
Неготину, где је умро 17. маја 1853. године.

Алек Марјано (1935–1992)

Песме о Каравиљки[1]

ПРИЛИЧНО САМ ЗАТУЦАНА

Дошо један из јабане;
па почео натенане:
„Ајде, секо, спусти текне,
да ти судбину прорекнем!"
Ја га питам: је л' са длана?
А он каже: „Са табана!"

Ја се сетих моје нане,
шта ће бити ако бане,
грдиће ме грдно нана,
што сам тако затуцана,
што верујем у гатање,
назадно је то схватање.

Ал' он поче поистија,
начисто ме омађија,
те попустих за моменат
(им'о добар аргуменат!),
показах му ја табане,
заборавих страх од нане.

Како јадна да одолем,
прориче добитак голем,
а добитак голем волем.
Удари он да ми гата,
гатао ми пола сата.
Сама себи велим: Јуцо,
овај тебе скроз затуцо,

[1] Песме су објављене у хумористичком листу „Јеж", годиште 1973.

тужна ти си и чемерна,
постала си сујеверна,
постала си, али тешто,
он погађа много вешто,
много лепо баје баја,
погоди ти све до краја,
погоди у оном чичку
и припадност политичку.

МУЗА

Уметници нашег села,
кад стварају своја дела,
узимљу ме сви за музу,
скидају ми стално блузу.

Кад Миленко песме пише,
све се са мном инспирише,
наваљује чим ме сретне,
у поему да ме метне,
а долази на идеје,
тек кад с мене скине дреје.
Његова сам муза лична,
час лирична, час епична.

А има и један Жика,
тај ме, опет, често слика,
често ме на платно меће
исто тако без одеће.
У оделу, вели Жика,
не види се еротика,
па се вата за кичицу,
услика ме на сличицу.
Гледам слику: ја долична,
само што сам еротична.

После се наврзе Паја,
па ме води да меваја.
Чим уђемо у атеље,
он навали да ме деље,
јер дрвене бисте гради,
атеље му пун дрвљади.

Намешта ме као кипа,
мени смешно што ме пипа,
он се љути кад не могу
да подигнем више ногу,
јер ме деље у тој пози
док стојим на једној нози.
А по некад, кад све сврши,
узме бисту па је скрши.
Ја му велим да је бена,
да сам добро погођена,
да скулптура добра беше,
зашто опет да ме теше.

Постала сам главна тема,
такве музе нигде нема,
через мене сад се бију,
сви што гаје поезију,
а вајари и сликари,
туку се ко јаничари,
долазе из других села,
да ме узму за модела.
Ал' многима нешто фали,
таленат им јако мали,
па због мене копља ломе,
да им дигнем ја реноме.
Зато бирам само оне
уметнике изразите,
јер не волим епигоне,
што се туђим перјем ките.

ПЛАСТИЧНА ПСИХОАНАЛИЗА

Целе ноћи боговетне сањам,
како се са неким биком гањам:
оће бик на рог да ме натакне,
ја не могу ни да се помакнем.

Друге ноћи бежим од пастува,
све осећам да ми за врат дува,
јурим јадна око неке сламе,
јер се плашим да не скочи на ме.

После сањам некакве утваре,
ил' утваре, ил' неко магаре
од којега побећи не могу,
а магаре неко са пет ногу,
звизнуће ме оном петом ногом,
нек му ноге иду с милим богом.

Има код нас један младић Мија,
што га вичу Мија „Гимназија“,
јербо има од високих школа,
два разреда и трећи до пола.
Причам Мији каква сањам чуда,
он помену неког Сигисмуда,
Фројд Сигисмуд, тако ли се зове,
тај је, вели, проучаво снове,
све је то на сексуалној бази:
и кад сањам да ме нешто гази,
и кад сањам какве оштре шиљке,
и кад сањам заобљене пиљке,
и кад сањам дугуљасте биљке.

Питам Мију: а кад сањам змију,
да ме змија по цео дан вија,
а змија је женско као и ја?

Баш кад змија цуру у сну јури,
то мушкарац недостаје цури,

змија личи, па ми рече на шта.
Ту се моја сва узбуни машта,
рекох Мији да је једна стока,
он ми рече да сам изван тока,
да не пратим то што пише штампа,
јер бих знала да обична лампа
исто спада у голе симболе,
да не мислим: лампа само светли.
И кад сањам да јашем на метли
и зато се целе ноћи ритам,
све бих знала да новине читам,
јер имају сараднике сталне,
за рубрике психосексуалне.

На послетку објасни ми Мија:
у реду је сва моја јапија
ал' ми фали јака терапија:
сваког дана једна добра кура,
па ћу бити сасвим друга цура,
ништа страшно нећу више снити,
нити ће ме иста прогонити.

То ме Мија стварно свашта баста,
одведе ме иза једног пласта,
што је био одмах до нас близу,
на пластичну психоанализу,
по методу оног Сигисмуда,
уверих се да тај није луда,
чим се сврши та почетна кура,
мени дође да повичем: ура!
јер ми много прија терапија.

Исте ноћи сањам чеп и буре,
сутра Мија пређе на две куре.
Сад не сањам ни бика ни змију,
сваке ноћи сањам само Мију,
сањам како страшан ветар дува,
а Мија ме чува од пастува.

И новине читам преко дана,
постала сам много начитана,
читам с Мијом фине магазине,
пре него што почнемо са куром.
Поносим се са својом културом.

СТРИП-ТИЗ У АМБАРУ

Једном каже Светозар:
„Нас двоје смо прави пар,
па кад тако стоји ствар,
ајдемоте у амбар!“

Кад смо били у амбару,
извадио он цигару,
па ми вели: „Ајде пуши!“
Ал’ цигара мене гуши,
ваљда ми је много јака.
Светозар ми стално џака:
„У вароши пуши свака!“

Кад варошке разне шуше,
толике цигаре пуше,
из ината пушим и ја.
Није да ми баш не прија,
само што ме обезвија.

И да пијем натера ме,
јер то, каже, раде даме.
Видим да не тера шегу,
па натегох кроз натегу,
отпих доста из бурета,
поче амбар да ми шета.

А Светозар зановета:
„Сад ћеш бити стриптизета,
у вароши тога има

у познатим баровима".
Кад може у сваком бару,
што не може у амбару,
кад варошке оне стоке
скидају са себе џоке
и мени се исто може.
Скинем се до голе коже,
ал' онако натенане,
док он свира у ћемане.

Још је један предлог имо,
да чин један начинимо,
рече да све даме фине,
те чинове стално чине.
Што се свака прави фина,
кад ја могу и два чина!
Није било ништа лоше,
али разне аброноше,
све аброве – на чаброве,
разнеше по целом срезу.
Не причају о порезу,
не помињу више кризу,
сви причају о стрип-тизу.

Испало је сто белаја,
за све крив је онај Паја:
извади из даске чвор,
па сазвао читав збор,
те вирили сви кроз отвор.
Тај је Паја прави злотвор,
учини ми много криво.
Гледање је наплаћиво,
терао и људе старе
да му дају добре паре,
скупила се лепа сума.
Убила те, Пајо, чума,
шта да кажем моме дечку,
гледали ме сви ко мечку.

Сад на мене очи бече,
ал' Светозар лепо рече:
„Не брини због оног чвора
и у граду исто мора
за гледање да се плаћа“.

Па кад могу те варошке,
као покисле кокошке,
ја сам цура као топ.
Купила сам хула-хоп,
па нек опет читав збор
погледа кроз онај чвор.

Диња пукла[1]

---

[1] Премијера представе, у режији Ненада Илића, изведена је 14. марта 1980. на „КРУГУ 101" – Народног позоришта у Београду, на чијој је сцени играна четири године.

Лица:

Коловођа
Прва цура
Средњи
Друга цура
Кец
Трећа цура

Глумци лежерно седе или стоје у кругу позорнице.
Затечени су у загонетању.
Загонетање се наставља.

КЕЦ: Пендо виси, пендо зја,
Пендо пендо лаура.
ДРУГА ЦУРА: Звоно и звечак.
КОЛОВОЂА: Озго трава, оздо брада, а у сриједи
кметска част.
ДРУГА ЦУРА: Лук.
СРЕДЊИ: Кус пас преко села пређе, сви га љу-
ди у гузицу љубе.
КЕЦ: Чутура кад се зове у сватове!
ПРВА ЦУРА: Ја сједим на нероду; пуштите ми си-
на, материна мужа.
ДРУГА ЦУРА: Загонетнула некаква жена цару кад
дојахала на коњу који се није ождри-
јебио, и молила га да јој из тамнице
пусти оца, којега је она кроз прозор
својим млијеком хранила.
КЕЦ: А ово: Мала сам, глатка сам, једно уво
имам, а без мене сав свијет не може
да буде.
СРЕДЊИ: Шиваћа игла!
КЕЦ: Кад дјед баби пушта крв,
Једва под њом оста жив!
СРЕДЊИ: Онај ко точи вино и – бачва!
КЕЦ: Из меса изишло, а месо није; много
штету и хасну починило, а томе није
криво!
ТРЕЋА ЦУРА: Перо!
КЕЦ: Дрвен трбух, кожна леђа, длакама
говори!

КОЛОВОЂА:	Гусле!
КЕЦ:	Губицом рије, а гузицом жиле вади.
СРЕДЊИ:	Игла.
КОЛОВОЂА:	Двије ме мајке породише, десет отаца начинише, кад ме са женом саставише, свезане нас оставише.
ДРУГА ЦУРА:	Руке, прсти, кукац и копча запучена.
СРЕДЊИ:	Мртва јарчина преко свега села глас пушта!
ПРВА ЦУРА:	Гајде!
СВИ:	Гајде! Гајде! Гајде!
КЕЦ:	Диња пукла!

Сви су зачас у колу.
Коловођа, до њега Прва девојка, йа Средњи,
Друга девојка и Кец.

МУШКАРЦИ:	Скочи, коло, дупе голо, Како радиш, и горе ће!
КОЛОВОЂА:	Ова сека до менека Ништа не зна, само зеза!
СРЕДЊИ:	Ова сека До менека Тек ме штипа Да ми ђипа У гаћама Међ ногама!
КОЛОВОЂА:	Мала сека До менека Гуз шевељи, Мре у жељи Да се баћи Накитаћи!
КЕЦ:	Коловођо, вито перо, Пољубићеш курцу чело!
КОЛОВОЂА:	Ој девојко, да ми даш Да ти будем таљигаш!
КЕЦ:	Цака, цака, даће свака – И та сека до тебека!

СРЕДЊИ:	Макни, снашо, гузови!
ПРВА ЦУРА:	А ти, брато, бркови!
КЕЦ:	Мичи, снашо, гузови!
	Као свирац бркови!
КОЛОВОЂА:	Опа цупа, мој Мартин,
	Тесна рупа, дебо клин!
КЕЦ:	Тијо, тијо, коловођа,
	Тијо, тијо, полетио,
	За облаке залетио,
	Кад се натраг повратио,
	У дупе ми улетио!
СРЕДЊИ:	Опа цупа,
	Под њом рупа,
	И два клина
	И батина!
КЕЦ:	Држ Аницу за тканицу,
	И Милицу за пичицу!
СРЕДЊИ:	Ој девојко секендаш,
	Што си рекла да не даш!
ДРУГА ЦУРА:	Опа цупа, цупице,
	Хоће деца рупице!
СРЕДЊИ:	Иди, секо, у тај шаш,
	Намести се ко што знаш!
	Нећу доћи да ме знаш,
	Већ ћу доћи да ми даш!
КЕЦ:	Хеј, хај, те у гај –
	Ал у гају саме дају!
ДРУГА ЦУРА:	Ако сам крива дати нијесам ноге ди-
	зати.
СРЕДЊИ:	Жива дала!

Из кола се издвајају Прва цура и Средњи

СРЕДЊИ:	Ој девојко, зелена јабуко,
	Умријећу, не попе се на те!
ПРВА ЦУРА:	О јуначе, мој дебели ладе,
	Умријећу, не лего пода те.
СРЕДЊИ:	Ој, девојко, врућа варенико.
	Умријећу, не удроби у те!

КЕЦ *(из кола):* Да j' у мене што је у дјевојке,
Ја би сваком добро учинио,
Понајвише стару и нејаку!

Све петоро се распореде и поседају, загонетају се

КЕЦ: Виђак виси, виђка зја,
виђак вију! те у виђку!
ДРУГА ЦУРА: Брашно кад пада испод камена.
КЕЦ: Дође јунак го и бос,
Скочи с мене врх жене.
ТРЕЋА ЦУРА: Буха!
КЕЦ: Посијах семе без рала, а пожњех без
српа.
ДРУГА ЦУРА: Писмо кад се напише и прочита. А
шта је ово: Насред мора ћућурово
гнијездо.
КЕЦ: Ђаво си ти кад се натрђиш!
ДРУГА ЦУРА: Пупак. А ово: Насред мора ћућурово
јаје.
КЕЦ: Да је свуда као око муда!
ДРУГА ЦУРА: И опет: пупак. А сад: Литере литере
низ камење висјеле, нит се пекле ни
вариле, сав свијет одраниле.
КЕЦ: Не море се и прднути и стиснути.
ТРЕЋА ЦУРА: Сисе у жене.
КЕЦ: Мекој дјевојци меке и сисе!
ДРУГА ЦУРА: Чујте људи где гузица суди!
КОЛОВОЂА: Да је ласно лајати, не би пас прдио.
Него чујте ову загонетку: Мучено и
згрчено из поља иде, благо оној ко-
јој иде.
КЕЦ: Пун новаца као муда костију!
КОЛОВОЂА: Не, већ: Жито неоврешено. А ово:
Наша снаша оката
Има сису од лаката
Ко је к себи принесе,
да му дио од сисе.

КЕЦ:	Да ми је и полоша вина
	Само да је крчмарица млада!
КОЛОВОЂА:	Ибрик из ког се вода пије.
КЕЦ:	Коловођа, вито перо,
	пољубићеш курцу чело!

Сви су ойеш у колу

КЕЦ:	Ти, гајдашу, само свирај,
	А у пицу ништ не дирај,
	Јер је пица чудне ћуди,
	Упашће јој кита с' муди!

Издвајају се сва ūри младића

КОЛОВОЂА:	Ајде село да селимо!
ЦУРЕ:	Гди ћемо га населити?
КОЛОВОЂА:	Међ' обрве девојачке.
ЦУРЕ:	Ту не може село бити:
	Нема шуме, нема воде,
	Нема земље за орање!
СРЕДЊИ:	Ајде село да селимо!
ЦУРЕ:	Гди ћемо га населити?
СРЕДЊИ:	Међу дојке девојачке.
ЦУРЕ:	Ту не може село бити:
	Нема шуме, нема воде,
	Нема земље за орање!
КЕЦ:	Ајде село да селимо!
ЦУРЕ:	Гди ћемо га населити?
КЕЦ:	Међу ноге девојачке.
КОЛОВОЂА и СРЕДЊИ:	
	Та ту може село бити:
	Има шуме, има воде,
	Има земље за орање!

Кец ūрилази Друūој цури (да друūи не чују, шобож)!

КЕЦ:	Нити иштем да ми даш –
	нити велим, да не даш,
	само кажем нека знаш.

ДРУГА ЦУРА: Ја теби дала један пут као поштену
                кнезу, а ти мене запуцао као курву.

                Монолог Кеца

КЕЦ: У дјевојке црне очи,
                А у мене не: Много сам их целивао,
                Већ ме воља не.
                У дјевојке б'јело лице,
                А у мене не: Много сам га обљубио,
                Већ ме воља не.
                У дјевојке б'јело грло,
                А у мене не: Много сам га миловао,
                Већ ме воља не.
                У дјевојке б'јеле дојке
                А у мене не: Много сам их угризао,
                Већ ме воља не.
                У дјевојке б'јели пупак,
                А у мене не: Много сам га потрљао,
                Већ ме воља не.
                У дјевојке б'јеле ноге
                А у мене не: Много сам их надизао,
                Већ ме воља не.
                У дјевојке црна пичка,
                А у мене не: Много сам је набадао,
                Већ ме воља не.

ПРВА ЦУРА: Посла мене мати
                За гај дрва брати;
                Ал' ето ти, мати,
                Момче нежењено,
                Стаде мене, мати,
                По трбуу клати,
                Ја млидија, мати,
                Учкур ће ми дати;
                Кад ме сједе, мати,
                По пупчићу клати,
                Ја млидија, мати,
                Појас ће ми дати;

66

Кад ми сједе, мати,
Ноге подизати,
Ја млидија, мати,
Мéстве ће ми дати;
А кад стаде, мати,
У пицу тискати,
Ја млидија, мати,
Оћу умријети;
А кад сједе, мати,
Бисер просипати,
Ја млидија, мати,
Да ћу пољетети.

ТРЕЋА ЦУРА: Посла мене моја мати
У лугове шуму брати.
Лугови се обродили
Глогињами, зрнињами,
А ја јадна, врло гладна,
Ја се попех да уберем.
Омаче се нога с глога,
Са врх глога те под глогом,
А под глогом младо момче,
Тек ја над њим, он ми рече:
„Ко то на ме јако клече?“
У стид рекох, под њим легох:
„Јаках тебе, сад ти мене!“

КЕЦ: Миц по миц, па намиц.
На дјевојку гаће, гаће,
Ал, нека их, даће, даће.

*Издвајају се ѝарови – један је наивнији и чине ѝа младић
Коловођа и девојка из кола до њеѝа – Прва цура*

Друѝи ѝар је искуснији и жешѝи – Средњи и Друѝа цура.

КОЛОВОЂА: Јендек иде изнад куће,
јендечица испод куће,
ђе се сташе, ту се јендекаше.
ПРВА ЦУРА: Кад теле нађе краву те пасе.
КОЛОВОЂА: А ова: Јендек иде уз улицу,

	јендечица низ улицу,
	хоћаху се јендекати,
	не даде им чича глава.
ПРВА ЦУРА:	Теле, краве и чобан.
КОЛОВОЂА:	Ја сам дервиш, не знам ништа,
	него сједим крај огњишта,
	ђе дјевојка огањ пређе
	преко мене ноге међе.
ПРВА ЦУРА:	Столица на којој седи. А сад ти: Ја
	сам црна и црвена, свакоме сам му-
	жу жена.
КОЛОВОЂА:	Земља која свако семе прима и рађа. –
	Воду носи вјеверица,
	у вршчићу, карашчићу,
	доље врата окренула,
	вода јој се не просипа.
ПРВЛ ЦУРА:	Крава и виме.
КОЛОВОЂА:	Која воћка само једном цвати,
	а увијек рађа?
ПРВА ЦУРА:	Дјевојка и венац!

Кец прекида загонетање

| КЕЦ: | Ко има масла он и муда маже, а ко |
| | нема њему и усне пуцају. |

Напјевавање (напричавање) другог (јешћег) пара

СРЕДЊИ:	О девојко, висока планино,
	ја умријех, не успех се на те!
ДРУГА ЦУРА:	Вај, јуначе, орахови ладе,
	И ја умрих, не легох пода те!
СРЕДЊИ:	Ој дјевојко, љепа ли си струка,
	Да ти није под кошуљом мука?
	Зови мене, твога вјерног друга,
	да ћерамо у дубрави вука.
	Што ћу јадан без жене
	ове ноћи ледене!
	Наћиће ме мртва
	Код мачкина пркна!

68

ДРУГА ЦУРА: Моја мати с оцем спи,
                А ја јадна немам с ким –
                У селу је попов син,
                Идем и ја ноћу с њим!
СРЕДЊИ: Хеј, хај, Боже дај: Беле ноге дебеле
                И помало криве –
                На рамену биле!
ТРЕЋА ЦУРА: Дјевојка се у кошуљи гизда
                Види јој се кроз кошуљу пизда
                За њом младо момче пристајаше,
                Очим гледи, често уздисаше,
                Како којом ниже завиркује,
                Од јада се често опљуцкује,
                Сузе рони, а девојку моли:
                „Дај, девојко, соколу да лови!“
                А девојка хитра и паметна:
                „Ој, делијо, жив те Бог убио,
                Да си соко, сам би долетио!“

                Кец прекида и ово натпричавање

КЕЦ: Жива дала!
                Иште, иште, биће кише!
                Киша паде, сека даде,
                Насред поља ђе је воља,
                Деве желу
                Тек дебелу.
                Чврсту куру
                Док зажмуру!

                Опет су сви у колу

КЕЦ: Игра коло у Прогари
                Ђешто, ђешто:
                У том колу дилбер Јана,
                Подвикује кашто, кашто:
                „У кога је дуг, дебео,
                Хајде у коло;
                А у ког је танак, кратак,
                Прди около!“

СРЕДЊИ и КЕЦ: Девојка се другарици клела:
„Жив ми братац, удати се нећу,
Ако л' како силом натераше,
Жив ми братац, венчати се нећу;
Ако л' како, силом натераше,
Жив ми братац, метати му не дам;
Ако л' како силом натераше,
Жив ми братац, вадити му не дам!“

Монолог Прве цуре (приспеле за удају)

ПРВА ЦУРА:
Приспела сам за удају,
Нек то знаде свак;
Звиждаљ ми је узорио,
Могу цурит чак!
Ко је момак за женидбу,
Само да је јак,
Ширни плећи, обла врата,
То је зору знак,
Нек ливаду моју коси,
На њој лежећ лак,
У бунару извор тражи
Док изнађе траг!

СВИ МЛАДИЋИ *(у једногласју):* Мајка Мару на пут
справља,
На пицу јој пуца ставља
Мара мајци говораше:
„Не мећи ми, мајко, пуца –
Када дође форца курца,
Попуцаће пици пуца!“
Од првога тира доброга сина!
Од првога тира доброга сина!

КЕЦ:
Дупе дувару, а памет у главу!

КОЛОВОЂА:
Кад грми нек' и муње севају!

СРЕДЊИ:
Ко не скваси гузицу, не изједе рибицу!

КЕЦ:
Сачувај ме, Боже, јешца украј куће, а
јебиће усред куће!

ТРЕЋА ЦУРА:
Дјевојка је платно бијелила
На Ситници на води студеној.

Теко крпа да с'осуши била,
Туд наљезе момче Харанзада,
Те девојци крпу погазио.
Она плаче и куне га љуто:
„Да Бог да ти љето не родило!“
А момче јој ријеч бесједило,
А за брк се руком уватило:
„Овако ми често жито било,
Не могла му наудит' година!“
Ал' девојка више Харанзада,
Пак се руком за дојке ватила
И момчету ријеч беседила:
„Овако ти крупа ударила,
Те све твоје жито поломила,
Не могла му помоћи честина!“
Таде момче бесједи дјевојци,
А руком се пониже ватио:
„Онаке ми класутине биле,
Не могла им крупа наудити!“
Ал' дјевојка виша Харанзада,
Пониже се руком уватила,
А момчету тијо бесједила:
„Оваке ти с' чавке навадиле,
Цијело ти класје прождирале!“
То рекоше, пак се потрпаше.

Три младића: (Коловођа, Средњи и Кец) у кругу.

КОЛОВОЂА: Ја се чудим, ја се крстим
Како пица воду држи:
Ни обруча, ни данета,
Ни честита запушача:
Ја би тамо пинтер био
Па би рупу запушио.

КЕЦ: Да је срећа и од Бога даћа,
Не би жене ни носиле гаћа,
већ кошуље докле гаће вежу.

СРЕДЊИ: Не чудим се чудну чуду
Како кита дјецу гради,

	Нит се чудим удовици
	Како очма момке мами,
	Већ се чудим чудну чуду
	Дјено пица воду држи
	И без кључа и обруча!
КЕЦ:	Млад и зелен као гушче говно!

Разговор две девојке

ПРВА ЦУРА:	Дуге ноћи, ниоткуд помоћи,
	Тешке ноге, а нејаке руке!
ДРУГА ЦУРА:	У мог оца ливада у риту,
	Продаћу је макар за воринту,
	Па ћу купит сукњу лези-доле,
	И кецељу сама-скочи-горе,
	И чарапе свуци – па – затуци!
ТРЕЋА ЦУРА:	Тешке штете што је швалер дете:
	Нит' се сигра нит' уме да љуби,
	Већ све брља па кошуљу прља,
	Па се ваља па кошуљу каља!
	Какво ми је од дике сиграње:
	Паметније то му је сиграње!
	Ја се могу преметати сама,
	Или сама ил' с другарицама!
СРЕДЊИ:	Девојка се уз киту пењала
	Не би ли се раја нагледала,
	Или раја или кити краја,
	Десна јој се нога омакнула.
	Девојка је десну ногу клела:
	„Десна ноно, јебено ти дебло –
	Буд с' омаче, јер се не натаче!"

Цурама прилази Кец

КЕЦ:	Ој девојко, срце моје,
	Кад ти видим сисе твоје
	Дреше ми се гаће моје.

Кец остаје са цурама. Мува се око њих.
У Коловођи и Средњем расте љубомора.

72

КОЛОВОЂА: Игра се голим око гола.
СРЕДЊИ: Да падне на гузицу разбио би нос.
КОЛОВОЂА: Не може се с душом у рај а
             с гузицом на пир!
СРЕДЊИ: С једном гузицом на двије свадбе не
             може се.
КОЛОВОЂА: Кад врана на два коца стоји, један ће
             у шупак.
СРЕДЊИ: Носи памет у гаћама!
КОЛОВОЂА: Не веруј му да сједне голом гузицом
             на ватру...

                    Прилази им Кец

КЕЦ: На дјевојку гаће, гаће,
             Ал' нека их, даће, даће...
СРЕДЊИ: Глава у берберници и гузица у ашчи-
             ници не може бити!
КЕЦ: Двије воље, гаће доље!
СРЕДЊИ: Носи памет у гаћама!
КЕЦ: Миц, по миц, па намиц!
             Да је срећа и од Бога даћа,
             Не би жене ни носиле гаћа,
             Већ кошуљу докле гаће вежу!

             Кец се издваја од Коловође и Средњег

ПРВА ЦУРА *(у улози ћерке)*:
             Јаој, мајко, калуђер ме буди,
             Он ме буди, међу очи љуби!
             Оћу ли га пољубити, мајко?
ДРУГА ЦУРА *(у улози мајке)*:
             Љуби, кћери, не била проклета!
             Док је мајка твога доба била,
             До зоре је девет намирила
             И десетог родитеља твога,
             И откала трополу поњаву!
ПРВА ЦУРА: Та ево га, нано, гди дрма на врати,
             Издрмао пола кључанице,

                                              73

	Зубма шкрипи, китом врата креће –
	Оћу ли му отворити врата?
ДРУГА ЦУРА:	Отвор, отвор, ћерко, проклета
	не била –
	Док је мајка твога доба била,
	До зоре је девет измирила
	И откала трополу поњаву!
ПРВА ЦУРА:	Дуге ноћи, ниоткуд помоћи,
	Тешке ноге, а нејаке руке!
	Дај, Боже, да ми дика може.
ТРЕЋА ЦУРА:	„Моја мајко, јебе мене Рајко!
	Ја на воду, а Рајко за ногу:
	Ја за тикву, а Рајко за пичку:
	Ја са воде, а Рајко забоде!"
ДРУГА ЦУРА:	„Кучко, кћери, а што си му дала?"
ТРЕЋА ЦУРА:	„Мила мајко, и ти би му дала
	Како Рајко жалостиво проси –
	Свеђер курац у рукама носи,
	Како јечи, на кољена клечи!"

Монолог Кеца.

КЕЦ:	
	Посио сам гра и купус,
	Гра по врху, купус по дну,
	Дили ли, дипли ли!
	Навади се стара баба
	Купус брати, гра зобати,
	Дили ли, дипли ли!
	Почекак је, дочекак је,
	Причувак је, учувак је,
	Учувак је, ударик је,
	И одлази тамо доље
	Јаучући и плачући!
	Дили ли, дипли ли!
	Ја посијак гра и купус,
	Гра по врху, купус по дну,
	Дили ли, дипли ли!
	Навади се удовица
	Купус брати, гра зобати,
	Дили ли, дипли ли!

74

Почекак је, дочекак је,
Причувак је учувак је,
Учувак је, увједок је,
Она оде тамо доље
Одајући обзирући.
       Дили ли, дипли ли!
Ја посијак гра и купус,
Гра по врху, купус по дну
       Дили ли, дипли ли!
Навади се пуштеница,
Купус брати, гра зобати,
       Дили ли, дипли ли!
Почекак је, дочекак је,
Причувак је, учувак је,
Учувак је, пољубик је,
Она оде тамо доље,
Пјевајући и смијући
       Дили ли, дипли ли!
Ја посијак гра и купус,
Гра по врху, купус по дну,
       Дили ли, дипли ли!
Навади се дјевојчица
Купус брати, гра зобати,
       Дили ли, дипли ли!
Причекак је, дочекак је,
Причувак је, учувак је,
Учувак је, угризнук је,
Маших јој се ниже пупка,
Ђено бјеше диња пукла –
Стоји диња плеска, плеска,
А ја вељу: „Нека, нека!"
       Дили ли, дипли ли!

Кец прилази Првој цури.

КЕЦ:	Ој дјевојко, зелена јабуко,
	Умријећу, не попе се на те!
ПРВА ЦУРА:	Ој јуначе, мој дебели ладе,
	Умријећу, не лего пода те!

Прва цура Кецу полети у загрљај.

КЕЦ: Ој девојко, што си тако луда
                    Што се баци, те ми разби муда!

Друга цура прилази и стаје између Коловође и Средњака.
Тако сада имамо две групе. Њих троје и њих двоје.

КЕЦ: Ти, гајдашу, само свирај,
                    А у пицу ништ не дирај,
                    Јер је пица чудне ћуди,
                    Упашће јој кита с муди!

Зачињу се два кола.

КЕЦ: Иде киша, бели снег,
                    Слађа пица него мед.

КОЛОВОЂА *(из другог кола):* Мала сека
                    До менека
                    Гуз шевељи
                    Мре у жељи
                    Да се баћи
                    Накитаћи!

ДРУГА ЦУРА: А, а, а, нек се зна –
                    Кад је кума кумовала,
                    Дала пичку за земичку!

ТРЕЋА ЦУРА: Свака тица лепо поје –
                    Али кос! Али кос!
                    И домаћин добро јебе –
                    Али гост! Али гост!

КЕЦ *(из свог кола):* Жаба крекну,
                    Мој забрекну:
                    Пиле писну,
                    Мој ти тисну,
                    Гавран гракну,
                    Мој ти такну!

Њих троје (Коловођа, Средњи и Друга цура) дотрче до
њих двоје (Кеца и Прве цуре). Почиње песма кад
сведу момка и девојку.

КОЛОВОЂА: Добар вече, мој брајане,
                    Ето тебе вјерна љуба!

СРЕДЊИ:	Окрени је, мој брајане,
	Преврни је, мој брајане!
ДРУГА ЦУРА:	Два три пута до зоре
	Да те браћа не коре!
КОЛОВОЂА:	Пред тобом је црна гора,
	У гори је међедица,
	Црну кику надвјесила;
	Ти потргни бојно копље,
	Па удари међедицу
	Под вилицу у ресицу!
СРЕДЊИ:	Вати јој се, мој брајане,
	Вати јој се у њедарца,
	Ту ћеш наћи два краставца;
	Вати јој се ниже пупка,
	Ту ћеш наћи – диња пукла!
КЕЦ:	Свирај свирче све без буне
	Док се сенке насапуне.
	Па да видиш оће л дати
	Свака себе изјебати.
КОЛОВОЂА:	Жива дала!
ДРУГА ЦУРА:	Жива дала!
СРЕДЊИ:	Од првога тира, доброга сина!
КОЛОВОЂА:	Сав во уђе, а рогови не могаше.
ДРУГА ЦУРА:	Сврдао!
СРЕДЊИ:	Ноћу стеоно а дању јалово!
ТРЕЋА ЦУРА:	Кревет.
КОЛОВОЂА:	Двије главе и двије душе двије ноге носе.
ТРЕЋА ЦУРА:	Трудна жена.
СРЕДЊИ:	Ноге има а не иде, главу има а не мисли, језик има а не збори.
ДРУГА ЦУРА:	Дете у колевци!
КЕЦ:	Ој девоко ојдана,
	Не мећи се ногама
	Није јорган поњава,
	Већ јуначка долама.
ПРВА ЦУРА:	Док сам била девојчица мала,
	Нисам знала ни пишати сама:

77

	Хвала Богу, кад сам се удала,
	Дигнем ногу, точи вода сама!
КОЛОВОЂА:	Скочи коло, дупе голо,
	Како радиш и горе ће!

Сви су опет у колу као на почетку. Једна игра је завршена. Почиње друга.

КОЛОВОЂА:	Стоји јека од истока,
	Нит' је вода ни војвода,
	Но дјевојка Јекача,
	Збор бијесна бикача...
СРЕДЊИ:	Редом момке мамила
	Трком на њих скакала...
КЕЦ:	Како кога доскочи
	Ногама га окрочи,
	С њиме пане на трави,
	Оће да јој заглави!
КОЛОВОЂА:	Жива дала!
СРЕДЊИ:	Жива дала!
КЕЦ:	Жива дала!

Прва и Друга једна другој у поверењу.

ДРУГА ЦУРА:	На арару
	јебе Сару
	опанчара
	из Стапара
	син Данило:
	То је било
	кад је прдла
	баш од сврдла
	његовога
	дебелога!
ПРВА ЦУРА:	Кочиш Туна
	из Пожуна
	простре ћебе
	да појебе
	госпојицу
	удовицу!

ДРУГА ЦУРА: Јебе Ера
              из Кишкера
              бледу Кату
              у ајату!
ТРЕЋА ЦУРА: У Мишколцу
              све на колцу
              натакнуте
              деве жуте...
ДРУГА ЦУРА: Ух, жалосна, колики је
              дрвен колац у тог Мије!
ТРЕЋА ЦУРА: Моја друго, то је ништа
              да виш' каквог има Пишта!
КЕЦ *(који је прислушкивао разговор):* Свака своју
              тресе,
              а ја мога дрмусам
              да га дигод стрпусам.
ДРУГА ЦУРА: Дала би, дала и два коња врана,
              и злата, кулата,
              за момчића курата!
КЕЦ: И кобилу лисушу
              за девојку пицушу!
КЕЦ: „Ој секице, дајдер мало пице!“
ДРУГА ЦУРА: „Не дам, брацо, дугачка си курца!“
КЕЦ: „Дај ми, рано, одрезаћу парче!“
ДРУГА ЦУРА: „Не реж' курца, не видио сунца,
              Та не квари пици залогаја!“

*Док се одвија разговор Коловођа и Средњи одлазе
у публику, на две различите стране.*

КОЛОВОЂА *(из публике, као с планине):*
              Ој девојко из Штитара,
              Подај пицу нек се пара:
              Иду топли дани,
              Оће да с' уквари!
СРЕДЊИ *(из публике):* Ој ти селе из Маова,
              Кошуља ти од узлова.
              Заседо ти код гузова
              Да убијем зеца!

КОЛОВОЂА: Ој ти секо, дај ми лека.
Из пичице мало млека
Да напојим мога куру,
Да начиним малог Ђуру.
Ђура ће Стојана,
Стојан ће Јакова,
Јаков ће свакога!

СРЕДЊИ: Ој секо Сегедиш.
Кажи браци ди лежиш?
У браце је мицало
Што пробија пицало!

ТРЕЋА ЦУРА: Бодулица влаха преварила,
на врат му је ноге товарила
И овако њему бјеседила:
„Стани, влаше, овако се јаше!"

КЕЦ *(из круга):* Да су пизде што су звезде,
Сви би људи кривоглави били...

КОЛОВОЂА *(из публике):* Ој девојко голубице
Окус мало кобасице!

СРЕДЊИ *(из публике):* Ој ти секо испод Вуке
Забијем ти од по муке!

КЕЦ *(Другој цури):* Сека Пело, дођи ми на прело.
Нешто ми се у туру напело –
Дођи, дођи, не би л' с' одапело!

(Хвата је за руку)

Држ' се, сешка, за каише –
Ето тоциљајке!

Коловођа и Средњи су у кругу, али још у публици.
Не одустају од мамљења „с планине".

КОЛОВОЂА: Ој девојко са салаша,
Запушим ти до вагаша!

СРЕДЊИ: Ој ти снашо са салаша,
Зачепим ти два вагаша!

КОЛОВОЂА: Ој ти снашо са салаша,
Забијем ти до вагаша!

СРЕДЊИ: Ој ти секо из Турије,
Турио ти ја ја!

80

КЕЦ *(Другој цури):* Сура сукња, модри конци –
Жив био ко је шио,
Јебен био ко носио!

*Коловођа и Средњи ускачу у круг после неуспелог
намамљивања „с планине" сви су опет у колу.*

СРЕДЊИ: Сека мете улицу,
Натрћила гузицу
Види јој се пика,
То је њојзи дика.

КОЛОВОЂА *(у ритму):* Чурушки – потрбушки,
Сентомашки – полеђашки...

СРЕДЊИ *(у ритму):* Ој ти секо из Кањиже,
Примакни се браци ближе
Да ти браца ноге диже!

КОЛОВОЂА: Ој ти снашо из Кањиже,
Примакни се брати ближе
Да ти браца ноне диже!

СРЕДЊИ: Ој ти секо из Илока,
Не ватај се близу момка,
Остаће ти гуза мокра
И пичица поширока!

КОЛОВОЂА: Хеј девојко из Смиљана
Би ли са мном присновала:
Два ујемка и два клувка,
Нек' је лакше ниже пупка!

КЕЦ *(испупа из кола):* С ону страну Мораве
Нешто мало пољане,
На њој сједи Ремета
И пробија решета.
Дјевојке му говоре:
„Вај, Ремета, Ремета,
Пробиј нама решета!"
Која има сукњу белу,
Она има пицу целу:
Ал' да јој је овај момак,
Остала би као проток!

КОЛОВОЂА *(Првој цури – последњи покушај):* Хајде
туда око дуда...

ДРУГА ЦУРА *(Првој цури)*: Ниси луда, то су муда!

СРЕДЊИ:
Ој девојко, материна ресо,
Не бој ми се, и курац је месо,
Кости није, убости те неће!

Средњи исйуйа из кола (дед се хвали баби)

СРЕДЊИ:
Баба дједа у прољеће звала,
Жуковим га цвећем окитила,
Поскакује, на зло дједа мами,
Опрегљачу баца му на главу,
А дјед јој се у јесен одзива,
Браду брије, а мастику пије:
„Ко ме зове? Сад ево ме жива,
У јажу се прикупило пива!"

КЕЦ:
Баба рече, старац меће –
Суво меће, мокро вади.

КОЛОВОЂА:
Седи старац на стази,
На њег баба нагази,
Премећала траву,
Нашла кити главу.

КЕЦ:
Коловођа, вито перо,
Пољубићеш курцу чело!

Сви су ойей у колу.

*Кец заузима йајансйвену йозу, Средњи узима у руке два
клуйка: црвено и црно.*

КЕЦ:
Ој травице, по богу сестрице,
Одведи ме иза девет брда
до Павла разбојаџије
да ми каже која је трава за лек
Коловођи!
Стадох на сред траве
и погледах на све стране.
Од истока до запада...
Од истока огањ гори
и у огњу човек стоји...

СРЕДЊИ *(с клубейима у рукама)*:
Црвена боја урок одбија,
Од злих погледа штити.

Средњи баца црвено клубе у публику! Са црним
клубетом прилази Другој цури и пружа јој га.
Она на клубе ставља десну руку!

СРЕДЊИ: Шиш, пиш, на каиш.
            Да би гледо кроз камиш!
ДРУГА ЦУРА *(исповедачки):* Имам оца, име му је
            Јоца,
            Па ме чува чували му душу!
            Што ме чува? Да не будем курва;
            Бићу курва, макар да ме чува!
            И синоћ сам на дивану била,
            На дивану ципеле добила.

            Друга цура покрива лице рукама.

ТРЕЋА ЦУРА: Чувала Мара јагњенце,
            Чувао Пера јаловице;
            Легла Мара да поспава,
            Скочи Пера те сатера.
            Кад се Мара пробудила,
            Али пика омокрена:
            „Ао, Перо, пасја веро,
            Што је пика омокрена?" –
            „Младо јаре облизало,
            Облизало, омокрило!" –
            „Што су длаке сатеране?" –
            „Младо јаре ногом стало,
            Ногом стало, сатерало!"
СРЕДЊИ *(са црним клубетом прилази Првој цури):*
            Божја помоћ, млинарице,
            Могу ли ти млини мљети?
            Могу ли ступе сукно туђи?
ПРВА ЦУРА: Ајд' отале, стар на коња,
            За те јажа пресушила,
            А за мливо кола стала!

Кец у међувремену од публике узима црвено клубе
и са њим прилази Првој цури.

КЕЦ: Божја помоћ, дјевојчице,
Могу ли ти млини мљети?
Могу л' ступе сукно туђи?

ПРВА ЦУРА: За те доста воде у јажу!

КЕЦ и СРЕДЊИ (*у ритму, полугласно – притом Прву цуру омотавају црвеним и црним концем*):

Ту ступе, ту млини.
Ту вода, ту клини,
Ту горје, ту доље,
Ту јади, ту боле...

(Прва цура се тобож брани)

... Ту је бања била,
Ту је ба, ту је ба,
Ту је бања била!

(Пева цура уз кикот до Друге цуре. Обмотана концима.)

Кец и Средњи (прилазе Коловођи).

КЕЦ: Тешко вуку не ијући меса...

СРЕДЊИ: А јунаку не пијући вина...

КЕЦ: Наер-капи на ћелавој глави...

СРЕДЊИ: А скрлету на обешењаку...

КЕЦ: Просјелици у ватри љесковој...

СРЕДЊИ: А дјевојци на руци немилој...

КЕЦ: Удовици самој спавајући...

СРЕДЊИ: А момчету на њу гледајући...

КЕЦ: А пуници у зетовој храни!

СРЕДЊИ: Кратке главње готови угарци,
Честа дјеца готове сироте!

КЕЦ: Ситна риба бљузгавица,
Мала кита кукавица!
Гу-гу и куку,
Бићеш с цуром на бруку!

ТРЕЋА ЦУРА: Протужила скоро доведена,
Да не може прести нејебена.
Ја је јеб-те, ја водите мајци,
Нек' је јебу материни знанци!

Кец прилази Првој цури умотаној у конце.

КЕЦ:	Божја помоћ, млинарице, Могу ли ти млини мљети?
ПРВА ЦУРА:	Ид' одатле, јадан муханате! Да ти видиш моје црне очи, Очи црне испод обрвица, Бјело лице испод трепавица, И подваљак под бијелим грлом, У њедрима два бјела голуба, И под њима црна гора расте, И у њојзи шедрван водица – Све младиће пофата грозница!
КОЛОВОЂА:	У попове ћерце Црне м' очи кажу – Жива м' џаном, била, Погледај ме с њима! У попове ћерце Б'јеле м' зубе кажу – Жива м' џаном, била, Угризни ме с њима! У попове ћерце Гојне м' руке кажу – Жива м' џаном, била, Загрли ме с њима! У попове ћерце Витке м' ноге кажу – Жива м', џаном, била, Окрочи ме с њима!
СРЕДЊИ:	Удовица мушке гаће прала, Гаће прала, гаћам говорила; „Камо, гаће, што ј' у вама било?"
КЕЦ:	Игра коло у Прогари, Ђешто, ђешто; У том колу дилбер Јана, Подвикује кашто, кашто; „У кога је дуг, дебео, Хајд у коло; А у ког је танак, кратак, Прди около!"

СРЕДЊИ: Ој девојко мала,
Би ли мени дала?
ДРУГА ЦУРА: О дјетићу мали,
Ја бих тебе дала,
Али ми је мала;
Но причекај до љета,
Докле пица опретља,
Докле кита одебља!
КЕЦ: Игра коло насред села,
у колу је млад делија
Дуга гуњца до појаса,
Кратке ките до кољенца,
Кад то видли људи наши;
Вијећали, свијећали,
Међу собом говорили:
„На гуњац му наставите.
Од ките му одсијеците!"
Кад то чуле жене наше,
Људима су говориле:
„Од гуњаца му одрежите,
У киту му не дирајте,
Са главом се не игарјте!"
КОЛОВОЂА: Ише, ише, биће кише!
Киша паде, сека даде,
Насред поља, ђе је воља!
СВИ: Жива дала!
Жива дала!
Диња пукла!

Крај

Поглед на
„Речи са пет слова“

Народска еротика

Пета књига особитих Караџићевих песама пуна је „речи са пет слова" због тога је Вук није објавио за живота и тек је Српска академија наука и уметности 1974. године штампала у пет стотина примерака ове по архивама запретене материјале, али са масно истакнутом примедбом: *само за научну уйойребу.*

Онда је предузимљиви уредник „Просветине" библиотеке „Еротикон" Милан Комненић, у редакцији покојног Благоја Јастребића, објавио делимичан избор из ове и других збирки под насловом *Црвен бан*, тако да су слободни еротски стихови, поникли негде пре два столаће, убрзо, захваљујући огромним тиражима, поново постали својина овог народа.

Од пре неки дан исти стихови, овога пута у избору Банета Јовановића, чују се испод куполе наше најстарије позоришне куће у Београду, под насловом *Диња йукла.*

Оно што је у књижевности наше средине још пре четрдесет година била непостојећа лексика, пре двадесет година почело је да се стидљиво пише са тачкицама после почетног слова, данас се, ето, гласно чује са сцене и, зачудо, делује – безазлено. За то треба да се захвали пре свега реформатору Стефановићу Караџићу, затим редитељу Ненаду Илићу, онда ансамблу ове камерне представе. Вуку ваља захвалити што је, иако је особите песме сакупљао за будућа поколења, имао у својој генијалности укуса да забележи само оне безобразне песме које имају уметничку вредност: а то значи да су с мером, сликовите и духовите. Ту вредност лако је проверити, ако се упореде са кич-еротиком новокомпонованих песама. Редитељ Ненад Илић је заслужан што је те песме вратио изворном амбијенту – буколичком селу, пасторали, сену, слами и јабуци, и што је еротику тих песама схватио више као игру духа. Еротско је наговештавао сублимном игром, поскочицом или колом. Био је то готово једини начин да „посебне" песме прихватимо као уметност и народно благо.

Нарочиту заслугу за дух представе имају млади глумци. Млади Милутин Караџић, Бранко Јеринић, Стела Ћетковић, Жељка Башић и Дијана Кржанић, и младолики Драган Зарић, који су, својом унутрашњом чистотом, могли цео сат да изговарају ипак најбестидније речи нашег језика, а да то делује готово невино. И поред тога представа није била лишена еротичности, која стоји у основи сваке духовитости и дочекљивости, како читамо у Фројдовом трактату с почетка века „Досетка и њен однос према несвесном".

Неко почетничко претерано инсистирање на стилизацији немих сцена ипак није одузело вечери њене основне вредности.

Јован Ћирилов
(„Политика", март 1980. године)

Пркосно

Настављајући доследно остваривање репертоара Круга 101 Народног позоришта, чија је битна карактеристика представљање вредних литерарних и драмских дела, на програмској листи, с разлогом, ове камерне сцене нашла се и драматизација особитих пјесама (читај еротских), пословица и загонетки под називом *Диња йукла*, коју је сачинио Бранислав Јовановић, новинар. Ова адаптација народног запажања о еротском и сексуалном, изражена лапидарним књижевним исказом, премијерно је изведена у Кругу

101 у режији Ненада Илића, студента треће године Факултета драмских уметности у Београду.

За драматуршку основу Јовановић користи три књиге народних умотворина, које је прикупио Вук Стефановић Караџић: *Антропофитеја*, *Српске народне загонетке* и *Особите пјесме и поскочице* које је 1974. године из Вукових рукописа објавила Српска академија наука и уметности у научне сврхе. Овај материјал Јовановић преструктуира у драмску форму тако да се стекне целовит увид народног умовања и закључивања на тему еротског било кроз песму, пословицу или загонетку. Међутим, Јовановић поред селекције најатрактивнијих и најсадржајнијих пасажа из овог народног стваралаштва, гради окосницу драматизације у којој ће се сачувати и презентовати слободарски, здрав, дрчан, пркосан дух народа, па и када је у питању тако осетљива интимна област људског живота.

Колико је похвална идеја да се разбије грађанско схватање и третирање ове врсте народне уметности, за похвалу је и идеја да ову драматизацију интерпретирају сасвим млади уметници тек дипломирани студенти Факултета драмских или примењених уметности или студенти са два члана Народног позоришта: Драганом Зарићем и Бранком Јеринићем. Они су овој литератури „пришли“ без зазора, предрасуда, а њихова младалачка отвореност обезбедила је непосредну комуникацију са гледалиштем што, имам утисак, не би било да су дело интерпретирали глумци са искуством – уметничким и животним.

Млади редитељ Ненад Илић веома је добро прочитао драматизацију. У сценској реализацији он је, захваљујући сопственом сензибилитету, успешно решавао она места која би са сцене могла зазвучати вулгарно или естрадно. Рашчлањавајући драматизацију Илић је на сцени остварио повезане тематске групације које су биле назнаке да су у таквим ситуацијама настајали ови облици народног стваралаштва:

када је реч о песми онда је то коло, када је реч о загонетки онда је то друштвена игра, а када је реч о пословици онда је то животна активност. Значајно је и то да је млади редитељ умео да сценски подвуче лирску лепоту ових еротских исказа, да хумором превлада сва она места која би, евентуално, са сцене звучала прејако али истовремено да подржи здрав, пркосан, народни дух.

Глумци су прихватили концепт представе и у једном питомом, топлом, пасторалном декору, који је имао ликовну једноставност и функционалност, а чији је аутор Даница Ракочевић, стилизованим костимима Светлане Анђелковић-Чкоњевић, и уз прикладан избор музике Драгослава Девића, остварили живу, отворену и без зазора представу. Глумачки ансамбл, из кога је тешко издвајати појединачан учинак када је реч о оваквој врсти комада, показао је драгоцен смисао за колективну игру што је било и пресудно. То су Милутин Карациић, Драган Зарић, Бранко Јеринић, Стела Ћетковић, Жељка Башић и Дијана Кржанић.

Авдо Мујчиновић
(„Политика експрес“, март 1980. године)

Ослобађајући утицај

Диња пукла адаптација је збирке еротских народних песама и поскочица Вука Крациића, објављених 1974. године у издању САНУ, а недавно и у веома траженој књизи *Црвен бан*. Још једном књижевни бестселер треба да постане позоришни „хит“ и *Диња пукла* ће то вероватно и постати. Иако је у адаптацији Банета Јовановића тешко уочити неки угаони драматуршки принцип, представа функционише као представа, а не као поетски рецитал, што је лако могло да се догоди. Није се догодило јер је Ненад Илић, студент режије на Факултету драмских уметности успео да поједине целине уобличи у ситуације и изоштри их одређеним односима и облицима понашања која доследно спроводи. Намештеност рецитала избегнута је и захваљујући носиоцима ових односа и понашања, глумцима Драгану Зарићу и Бранку Јеринићу и студентима глуме Милутину Караџићу, Стели Ћетковић, Жељки Башић и Дијани Кржанић, који се у овој сексуалној материји осећају као риба у води, узимају је здраво за готово, с гуштом и непосредношћу, без порнографске изазовности, али и без околишења, устезања и неке тобожње деликатности.

У нашој патријархалној и дволичној култури, у којој се нештедимице псује и причају „масни" вицеви, а сексуалност се потискује, мистификује и трпа у стереотипе, ова представа би, осим забавног, могла да има и известан ослобађајући, еманципаторски утицај. (Круг 101 Народног позоришта).

Драган Клајић
(НИН, март 1980. године)

O аутору

Бранислав Бане Јовановић, новинар, публициста и сатиричар, рођен је 1935. у Новом Саду. Дипломирао на Филозофском факултету у Београду југословенску и општу књижевност.

На Кругу 101 – Народног позоришта у Београду игран му је сценски колаж духовите народне еротике *Диња йукла* (1980) и драма *Последња ноћ* (1982).

Објављене књиге сатире: *Види излаз йа уђи* (1979), *Post scriptum* (1995), *Мрак на сунце* (1997), *Иīра зīлавкара* (1998).

За сатиру награђен интернационалном наградом московског „Крокодила" (1974), наградом „Политике" (1977) и наградом Удружења књижевника Србије „Радоје Домановић" (1996).

Године 1977. покренуо у Србији Турнир духовитости.

Носилац награде „Пера Тодоровић" за драму *Банкеш Пере Тодоровића*. Објавио књигу *Пера Тодоровић шраīом креманских йророка* (1998).

Поговор

Бане Јовановић је написао књигу *Диња џукла* инспирисан еротским народним стваралаштвом. Иза ове једноставне констатације крије се слојевито штиво какво се досад у нас није појавило на ту тему. Та слојевитост је у приступу овом сегменту народне баштине која је до 1974. године у Српској академији наука чувана од јавности. Академија је те године обелоданила књигу песама са „речима од пет слова" које је записао Вук Ст. Караџић, а под назнаком – „само за научну употребу". Потом је „Просвета" (уредник Милан Комненић) објавила избор из ове и других збирки под насловом *Црвен бан*. Неколико година касније то је учинио и Бане Јовановић у драмској обради на сцени Круга 101 Народног позоришта у Београду представом *Диња џукла* која је осамдесетих година имала више од 100 извођења.

Овој краткој и непотпуној хронологији ваља додати и текстове које је Бане Јовановић уврстио у књигу *Диња џукла*: „Наша пета страна света", „На Вуковој стази", драматизација *Диња џукла* и „Поглед на 'речи са пет слова'" (критички осврти на представу у Кругу 101: Јована Ћирилова, Авда Мујчиновића и Драгана Клајића). Захваљујући тим текстовима поставља се више питања која појашњавају већ изнету констатацију о слојевитости књиге. Према увиду у чињенице, самим тим што је Вук Ст. Караџић забележио еротско народно стваралаштво са „речима од пет слова" упућује на закључак да им је придавао значај, али и да их није много ценио да би их и обелоданио. Није искључена и могућност да су га у томе спречили и „морални разлози" тог времена и потреба афирмације вредности већег националног значаја и интереса. С друге стране, његови наследници-чувари баштине, очигледно се нису усуђивали – биће због култног односа – да критички преиспитају Вуков став и раније објаве текстове ласцивне садржине. Ко зна докле би тако било да се у другој половини овог века у свету није појавила тзв. сексуална револуција према којој није остала имуна ни наша научна јавност! По свој прилици, та револуција је утицала да се покаже како и ми „коња за трку имамо“, као да су наши преци били, малтене, претече те револуције.

Није спорно да се у време окупација тешко живело, да се, с разлогом, неговала херојска епика, истицане врлине хајдука и ускока, побуњеника и бораца за слободу, да су страдања свих врста – од природних до насилних – бивала преовлађујућа код српског народа. Али, није спорно ни то да је било и тренутака радости којима се човек предавао и привремено заборављао на невоље. То је у природи људског бића и старије је од свих недаћа и трагедија. Човек се радује љубави, свадбама, рађањима, мобама и другом и те радости изрицане у виду поскочица, загонетки, лирских песама, међу којима су и еротске, соколиле су му дух и живот чиниле подношљивијим и смисленијим. Те тренутке радости делио је са најближима у породици, са комшијама, селом. Колективне радости одвијале су се кроз песму и игру у којима се лично задовољство претварало у заједнички чин – као светковину – у којој су учесници били извођачи, а не појединачни актери који исповедају своја интимна осећања. Зато оно што се нису усуђивали и могли да искажу као индивидуе, у групним ситуацијама, приликом весеља су ишли „до краја“, до осећања самоослобађања. Ту није реч о двојном моралу него о разлици у групном и појединачном понашању у игри и песми као прилици да се доживи катарза. Заједничкој невољи својствена је заједничка срећа. Касније, променом друштвених односа, ослобађањем од ропства, раслојавањем становништва, прелажењем из руралних у урбане средине, грађански морал доводи до праве подвојености при којој се непатворени однос проглашава примитивним и одбацује као аморалан. Можда је тако тумачено еротско народно стваралаштво које је забележио Вук Ст. Караџић, остало дуго недоступно јавности да се она не би узнемирила. А можда је то само један слој више који нуди интерпретацију књиге *Диња йукла.*

Еротске народне умотворине се и данас негују најчешће у виду поскочица, бећарца и ојкача, као и у форми фолклора култивисане дикције и кореографије. Бане Јовановић у тексту „Наша пета страна света" скреће пажњу на анализе и студије М. Лесковца и Н. Грујичића у којима угледни ствараоци „подсећају" на живо, изворно присуство и неговање традиције ових врста песама, бећарца у Банату, Бачкој, Срему и Славонији, а ојкача у српским Крајинама, тамо где преовладава динарски дух. По менталној структури и начину живота, житељи ових простора нису имали времена за епику, дуга опширна певања и приповедања. Дистих у десетерцу био је погоднији за туговање и радовање између позива у војску, ратовања, сукоба других врста, херојстава и бекстава, тежачких послова са пушком у једној и плугом у другој руци. И гле чуда! Таква форма највише погодује и брзим временима у којима сада живимо, у њој се на брзину каже највише, с тим што је еротско поље замењено политичким. Кратко и јасно користе га, примера ради, хумористи и афористичари Митар Митровић и Срба Павловић. А духовитост која је често одлика еротског народног стваралаштва, Алек Марјано је користио да би „исмејао" скоројевићки однос према променама у сфери „новокомпоноване" сексуалности.

И ту се не завршава круг асоцијација које нуди књига *Диња йукла* у којој се користе „речи са пет слова". Тим пре што, опет примера ради, псовка као национална особеност, не може да опстаје без таквих речи, али са другачијим порукама и поукама. Али, то је предмет изучавања за другу врсту креативних радозналаца према баштини. Ево им прилике. Засад само тек толико да би вредност књиге Банета Јовановића подигли на ниво уважавања које човека може да учини срећнијим и богатијим. А књига *Диња йукла* припада управо таквим остварењима.

Михаило Вујанић

Садржај

Поглед на „Речи са йеш слова"

CIP – Каталогизација у публикацији
Народна библиотека Србије, Београд

886.1.2/-822:398

ЈОВАНОВИЋ, Бранислав

    Диња пукла / Бане Јовановић ; [илустрације Станко Зечевић]. Бео-
град : Рад, 2000 (Београд : Спринт). – 102 стр. : илустр. ; 21 cm

Напомене уз текст. – Стр. 89–90: Народска еротика / Јован Ћирилов. – Стр.
90–92: Пркосно / Авдо Мујчиновић. – Стр. 92–93: Ослобађајући утицај /
Драган Клајић. – О аутору: стр. 95. – Стр. 97–99: Поговор / Михаило Вуја-
нић.

ISBN 86-09-00708-1

886.1/.2–7:398   886.1017   886.1.09-1:398   886.1.09

а) Српска народна поезија – Мотиви – Еротика
б) Српска књижевност – Мотиви – Еротика

ИД=86903820